Bettina Domzalski

Mein BUCH zum Reinkritzeln und Elternerziehen

W0299469

PLANET!

Inhaltsverzeichnis

Diese Sprüche findet ihr zum Downloaden im Buch
oder auf www.thienemann-esslinger.de/elternerziehen.

Einleitung

Deine Eltern wollen dich einfach nicht verstehen und kapieren nicht, dass du kein kleines Kind mehr bist. Na gut, vor nicht allzu langer Zeit wolltest du noch, dass sie jede freie Minute mit dir verbringen. Wenn du Kummer hattest, waren die Eltern deine ersten Ansprechpartner und du fandest es toll, am Wochenende früh aufzustehen und einen gemeinsamen Ausflug zu machen.

Aber da warst du noch ein KIND. Jetzt bist du ein TEENAGER, und die Welt sieht plötzlich ganz anders aus. Du weißt nun ziemlich gut, was du willst. Und das ist selten auch das, was sich deine Eltern von dir wünschen. Deshalb gibt es oft Streit. Sie verstehen nichts, sind mega peinlich, setzen dir blöde Grenzen, bestrafen ungerecht und reden im Befehlston mit dir.

In diesem Buch kannst du deinen ganzen Elternfrust loswerden und ein paar Tipps finden, wie du das Zusammenleben mit ihnen weniger konfliktreich gestalten kannst.

Und immer daran denken:

„Viele Kinder haben schwer erziehbare Eltern."

Das sagte Jean-Jacques Rousseau (1712-1778), ein kluger Philosoph und Pädagoge. Der muss es ja schließlich wissen.

In diesem Buch werden alltägliche Probleme zwischen Eltern und Kindern behandelt. Bei ernsthaften Problemen scheu dich nicht, professionelle Hilfe anzunehmen. Wenn du niemanden zum Reden hast, wende dich an Kinder- und Jugend-Beratungsstellen. Dort bekommst du – auch anonym – kostenlose Hilfe am Telefon, per Mail oder im Chat.

Beratung für Kinder und Jugendliche

- Bei körperlicher Gewalt in der Familie sofort die Polizei anrufen: 110

- Anonyme E-Mail-Beratung und konkrete Hilfesuche in deiner Umgebung: *https://www.clique-sonnenschein.de/online-beratung/startseite.php*

- Nummer gegen Kummer (Mo-Sa von 14-20 Uhr):
  E-Mail-Beratung:
  https://www.nummergegenkummer.de/kinder-und-jugendtelefon.html
  Tel.: *116 111*

- Telefonseelsorge:
  E-Mail-Beratung: *https://online.telefonseelsorge.de*
  Telefon (24 Stunden) : *0800 1110111* oder *0800 1110222*

- Onlineberatung auf: *https://www.jugendnotmail.de*

- Hilfsangebote zu Themen wie Essstörungen, Mobbing, Schwangerschaft und Selbstverletzungen findest du unter: *https://www.u25-beratung.de/alternativen.htm*

Die Welt ist ein IRRENHAUS und unsere Familie ist die ZENTRALE.

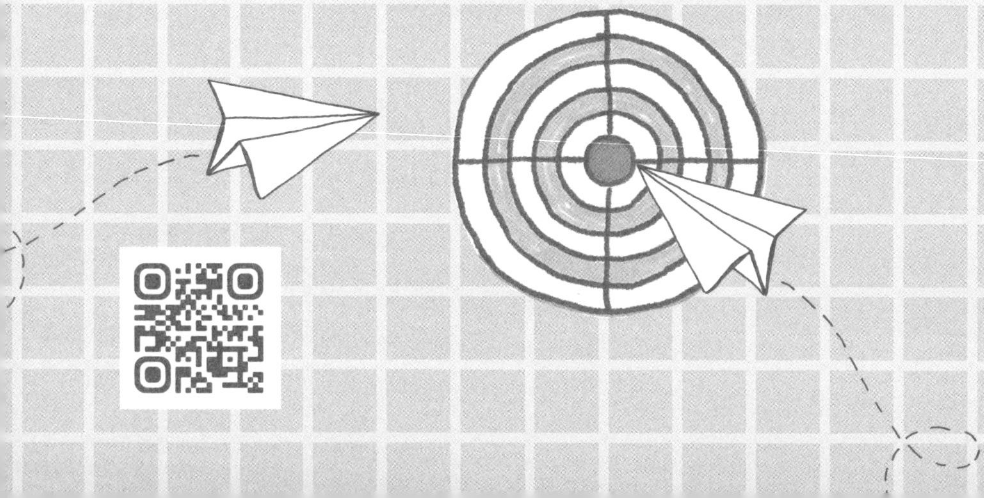

We are family

Mutter + Vater + Kind = Familie. Diese klassische Familie gibt es millionenfach, aber es haben sich auch andere Familienkonstellationen durchgesetzt, die zunehmend von der Gesellschaft akzeptiert werden. Und das ist genau richtig, denn in unserer Welt sollten alle Menschen glücklich sein und leben können, wie sie wollen.

Eltern müssen nicht immer Mann und Frau sein. Es gibt genauso tolle Familien, in denen beide Elternteile weiblich oder männlich sind. Wer wen liebt, sagt nichts darüber aus, ob er oder sie ein guter Elternteil ist.

Manchmal streiten sich Eltern sehr viel, dann kann eine Trennung für alle besser sein – auch wenn es anfangs wehtut. Kinder leben nach der Trennung der Eltern meist bei der Mutter, aber zunehmend gibt es auch Vater-Kind-Familien. Die Entscheidung darüber, wo und mit wem die Kinder leben, sollte immer zum Wohl der Kinder entschieden und ab einem bestimmten Alter mit ihnen besprochen werden.

Irgendwann kann es passieren, dass neue Partner der Eltern eine Rolle spielen und sogar Stiefgeschwister in die gemeinsame Wohnung einziehen. Eine Patchworkfamilie kann sehr lebendig sein, aber auch viele Probleme mit sich bringen.

Manchmal müssen Kinder vorübergehend oder auch für längere Zeit bei Verwandten oder in Pflegefamilien leben, weil die leiblichen Eltern nicht in der Lage sind, sich um sie zu kümmern. Es ist nicht leicht, sich woanders einzugewöhnen.

Für alle Familienformen gilt dasselbe:

Kommen die Teenager in die Pubertät, geht's rund in der Famlie. Die Erwachsenen benehmen sich auf einmal ganz anders, es wird stressig, der Streitfaktor ist hoch und die Interessen gehen immer mehr auseinander. Und wer soll Schuld daran haben: natürlich die Teenager. Dabei machen Eltern auch ganz schön viel falsch.

Meine Eltern sagen, ich soll nicht lügen. Ich sage nur: Weihnachtsmann, Osterhase, Zahnfee!!!

Familienformen

In welcher Familienform lebst du zu Hause? Kreise sie ein und schreibe Namen und Alter der Familienmitglieder dazu, die in diesem Haushalt leben. Oder schreibe eine ganz andere Konstellation dazu.

Mutter, Vater, Kind/-er

Johannes 54
Alexandra 50
Katharina (ich) 12

Vater, Kind/-er

Mutter, Kind/-er

Vater, Vater, Kind/-er

Patchworkfamilie

Pflegefamilie

Mutter, Mutter, Kind/-er

Du und deine FAMILIE

Wer gehört zu deiner Familie?
Wer lebt mit dir und wen kannst du nur besuchsweise sehen?
Trage die Namen in die Spalten ein.

	Lebt mit mir zusammen	Wohnt woanders
	Alexandra	Leni
	Johannes	Kalle
		Elsbeth
		Kreeti
		Ariane
		Sabine

My HOME is my CASTLE ... oder eher nicht?

Wo wohnst du mit deiner Familie?
Kreuze an. Kreise dann die Begriffe ein, wo du lieber wohnen würdest.

- ○ Wohngemeinschaft
- ○ Kleine Wohnung
- ○ Einfamilienhaus
- ○ Kleinstadt
- ○ Villa
- ○ Wald
- ○ Holzhaus
- ○ Altbau
- ○ Neubau
- ○ Mehrfamilienhaus
- ○ Mehrgenerationenhaushalt
- ○ Große Wohnung
- ○ Großstadt
- ○ Dorf
- ○ Hochhaus
- ○ Wohnwagen
- ○ Soziale Unterkunft
- ○ Zweifamilienhaus

Mein FAMILIENZOO

Ordne dir und den Mitgliedern deiner Familie das passende Tier zu und trage den Namen darunter ein. Wer ist der Leitwolf, wer kräht viel, wer ist der Brüllaffe, die graue Maus, der stumme Fisch oder der weise Uhu?

Wenn deine Familie klein ist, nimm Familienfreunde, Onkel, Tanten, Cousins und Cousinen dazu.

Verwandte

Finde waagerecht und senkrecht elf Bezeichnungen für Familienangehörige. Beachte dabei: ß = SS.

Q	V	W	E	R	T	Z	U	I	O	P	U	B	A	S
H	A	L	B	S	C	H	W	E	S	T	E	R	S	D
K	T	M	N	T	S	A	Y	X	F	C	V	U	F	G
L	E	B	V	I	L	I	E	B	E	S	A	D	H	J
O	R	C	D	E	C	D	F	S	O	N	K	E	L	G
D	R	E	W	F	Q	U	E	R	F	E	D	R	C	G
C	D	R	F	M	T	G	B	N	H	F	F	D	R	R
G	E	C	O	U	S	I	N	E	E	F	Z	T	V	O
S	W	E	R	T	E	G	I	E	E	E	N	K	E	S
F	R	G	T	T	T	Z	C	U	H	M	N	G	T	S
T	A	N	T	E	S	X	H	G	T	Z	U	J	K	V
N	F	V	B	R	C	Y	T	I	C	H	T	E	S	A
W	S	X	C	D	R	T	E	G	H	U	J	K	I	T
H	T	G	B	F	D	G	S	E	R	W	E	X	I	E
K	U	U	R	G	R	O	S	S	M	U	T	T	E	R

Die Lösung findest du am Ende des Buches.

Meine Eltern sind ...

Markiere alle Adjektive, die deine Eltern beschreiben, oder füge welche hinzu.

+++ lustig +++ freundlich +++ chaotisch +++ ordentlich +++ alt +++ spießig +++

alternativ +++ liebevoll +++ ökologisch +++ modern +++ altmodisch +++ pünktlich

+++ misstrauisch +++ zuverlässig +++ gebildet +++ arbeitslos +++ politisch +++

traurig +++ streng +++ locker +++ arm +++ ausgeflippt

+++ religiös +++ unpünktlich +++ gleichgültig +++ ungebildet +++ höflich +++

jung +++ verliebt +++ streitlustig +++ vertrauensvoll +++ berufstätig

+++ herzlich +++ gastfreundlich +++ schüchtern +++ vermögend +++

fantasievoll +++ verschlossen +++ konsequent +++ zielstrebig +++ unhöflich

+++ ehrgeizig +++ faul +++ hilfsbereit +++ einfühlsam +++ streitlustig +++

harmonisch +++ stressig +++ glücklich +++ abenteuerlustig +++ entspannt

+++ ängstlich +++

Störfaktoren

Schreibe in die entsprechende Spalte.

Welches Verhalten oder welche Sprüche deiner Eltern bringen dich auf die Palme? Gibt es Unterschiede zwischen Mutter und Vater oder gilt die Kritik immer beiden Elternteilen?

MUTTER	ELTERN	VATER
....	....	....
....	....	....
....	....	....
....	....	....
....	....	....
....	....	....
....	....	....
....	....	....
....	....	....
....	....	....
....	....	....
....	....	....
....	....	....
....	....	....
....	....	....

Wohlfühlmomente

Welche Dinge findest du an deinen Eltern richtig gut? Gibt es auch hier Unterschiede zwischen beiden? Oder sind sie immer eine Einheit?

MUTTER	ELTERN	VATER
....	....	....
....	....	....
....	....	....
....	....	....
....	....	....
....	....	....
....	....	....
....	....	....
....	....	....
....	....	....
....	....	....
....	....	....
....	....	....
....	....	....
....	....	....

Elterncheck

Kreuze an oder ergänze die Antworten.

Welches Adjektiv beschreibt das Verhältnis zwischen deinen Eltern und dir?

○ entspannt ○ streitlustig ○ harmonisch ○ angespannt
○ wechselhaft ○ normal ○ gleichgültig ○ miserabel

Mit welchem Erwachsenen aus deiner Familie verstehst du dich am besten? Vergib Schulnoten von 1 bis 5.

○ Mutter ○ Vater ○ ....
○ .... ○ .... ○ ....

Fühlst du dich

○ von deinen Eltern grundlegend verstanden oder
○ meist total missverstanden?

Sind beide Elternteile im Streit mit dir

○ wie eine gemeinsame Front oder
○ hat jeder eine eigene Meinung zum Streitthema?

In welchen Situationen gehst du lieber

zur Mutter?

....

zum Vater?

....

Wie wichtig ist dir Familie überhaupt?

- [x] Sie bedeutet mir alles.
- [ ] Sie gibt mir Rückhalt.
- [ ] Wo soll ich sonst wohnen?
- [ ] Freunde sind mir wichtiger.

Bekommst du mehr Lob als Ärger von deinen Eltern?

- [ ] ja
- [x] nein

Hast du genug Freiräume oder kletten deine Eltern an dir?

- [x] Sie haben ein Auge auf mich, aber ich habe auch meinen Freiraum.
- [ ] Ich kann nichts ohne ihre Aufsicht und Erlaubnis machen.
- [x] Meinen Eltern ist egal, was ich mache.

Wie oft redet ihr miteinander?

- [x] sehr oft
- [x] viel
- [ ] selten
- [ ] gar nicht

Wer nimmt sich die meiste Zeit für dich?

- [ ] Vater
- [x] Mutter
- [ ] beide gleich
- [x] Urmel

Wem fühlst du dich emotional näher?

- [ ] Vater
- [x] Mutter
- [ ] beide gleich
- [ ] ....

Haben deine Eltern einen Spitznamen für dich?

Kätlinka

Helfen dir deine Eltern bei Problemen?

- [x] ja
- [ ] nein
- [ ] selten
- [ ] Das will ich gar nicht.

Wenn ja, wer unterstützt dich in solchen Situationen mehr, oder machen das beide Elternteile gleich?

- [x] Mutter
- [ ] Vater
- [ ] beide

Kannst du deinen Eltern Geheimnisse anvertrauen?

- [x] ja
- [ ] nein
- [x] nur meiner Mutter
- [ ] nur meinem Vater
- [ ] nur ....

Hast du deine Eltern schon mal massiv belogen? Etwas Flunkern ist hier nicht gemeint.

- [x] ja
- [x] nein

Wenn ja, weshalb?

....

....

....

Zeigen deine Eltern Interesse an deinem Hobby?

- [ ] ja
- [x] nein
- [ ] zu viel
- [x] zu wenig
- [ ] will ich gar nicht

Mögen deine Eltern deine Freunde?

- [ ] ja
- [ ] nein
- [x] sehr unterschiedlich
- [ ] ist ihnen egal

Wie finden deine Eltern deinen Klamottenstyle?

- [x] ok
- [ ] ist ihnen egal
- [x] sehr unterschiedlich
- [ ] deswegen gibt es viel Zoff

Wie wichtig sind deinen Eltern deine Schulergebnisse?

- [ ] enorm wichtig
- [x] schon wichtig
- [ ] je nach Laune
- [ ] ist ihnen egal

Gibt es eine Familienzeit, in der ihr etwas zusammen unternehmt?

☒ ja X ☒ nein ○ selten

Was machst du gern gemeinsam mit deinen Eltern?
Oder was würdest du gern mal mit ihnen unternehmen?

Gemeinsamen Ausritt

Welche Familienrituale gefallen dir und welche findest du komplett überflüssig?

Kein eigenhund

Wie findest du deine Familie auf einer Skala von 1 bis 10?
1 ist dabei „echt mies“ und 10 „hervorragend“.

1 2 3 4 5 6 7 8 9 10

Im streiten

Geschwisterliebe

Wie das Verhältnis zu den Eltern ist, hängt auch oft davon ab, ob und wie viele Geschwister man hat, wie sie sich untereinander verstehen, und ob die Eltern alle gleich behandeln.

Wenn du ein Einzelkind bist, hast du dir mal Geschwister gewünscht oder bist du zufrieden, so wie es ist?

....

Wenn du Geschwister hast, findest du das gut? ○ ja ○ nein

Behandeln deine Eltern alle Kinder gleich? ○ ja ○ nein

Was magst du daran, dass ihr mehrere Kinder in der Familie seid?

....

....

Mit welchem deiner Geschwister verstehst du dich und wer nervt dich tierisch?

....

Gibt es Situationen, in denen du dir mehr Aufmerksamkeit von deinen Eltern wünschst? Und wenn ja, welche?

....

....

....

Möchtest du später Kinder haben?

○ nein ○ eins ○ zwei ○ drei ○ mehr als drei

Einzelkind vs. Geschwister

Was meinst du? In welchen Situationen ist es ganz gut, das einzige Kind zu sein, und in welchen ist es besser, Geschwister an seiner Seite zu haben?

- [G] Allein zu Hause bleiben, wenn die Eltern ausgehen
- [G] Ausflüge
- [E] Ausreden finden
- [G] Reisen
- [E] Bei den Eltern entschuldigen
- [E] Geschenke besorgen
- [GE] Liebeskummer
- [G] Pflichten im Haushalt
- [G] Schularbeiten
- [G] Schulstress
- [E] Taschengeld
- [G] Streit zwischen den Eltern
- [E] Familienfeste
- [E] Zimmeraufteilung

Schreibe ein E für Einzelkind oder ein G für Geschwister neben die Begriffe.

Streitthemen

Kreise die Begriffe ein, bei denen es zwischen dir und deinen Eltern oft Streit gibt oder schreibe noch welche dazu.

Ausgehzeiten

Chillen

Familienkonstellation

Elternstreit

Klamotten

Wohnungssituation

Mithilfe im Haushalt

Instrument üben

Freunde

Geschwisterzoff

Musikstil

Ordnung

Politik

Peinliches Elternverhalten

Schulstress

Pünktlichkeit

Schminken

Vertrauen

Zensuren

Sport

Taschengeld

Tipps zur Krisenbewältigung

Bei Familienproblemen tut es gut, kurz durchzuatmen und ganz in Ruhe über alles nachzudenken. Am besten gelingt dir das mit ein bisschen Abstand, wenn die allergrößte Wut verflogen ist. Vielleicht hat dir die Bestandsaufnahme auf den letzten Seiten geholfen, dir darüber klar zu werden, was ihr überhaupt für eine Familie seid. Und was dich am meisten an deinen Eltern ärgert, ob du immer einer Elternfront gegenüberstehst, oder ob du nur mit einem Elternteil Probleme hast.

Manchmal ist es auch ganz gut, sich eine Waage vorzustellen. Auf der einen Seite liegen die positiven Eigenschaften deiner Eltern und auf der anderen Seite die negativen. In welche Richtung neigt sich deine Elternwaage? Oder gleichen die beiden Seiten sich aus?

In gesunden Familien meinen Eltern es gut mit ihren Kindern. Oft spielt ihre eigene Erziehung dabei eine große Rolle. Einiges haben sie vielleicht von ihren Eltern übernommen, anderes machen sie ganz anders. Und eine Ausbildung zu Mutter oder Vater gibt es auch nicht.

Aber du hast deinen eigenen Kopf, und gerade in der Pubertät gehen die Interessen oft weit auseinander. Das ist für deine Eltern gar nicht so leicht. Gute zehn Jahre waren Gemeinsamkeit und Kuscheln angesagt. Mama war die Beste, Papa der Held oder umgekehrt. Nun sind die Eltern auf einmal ziemlich altmodisch und verstehen dich nicht mehr.

Was jedoch ganz wichtig ist: Du darfst deinen eigenen Weg gehen und dabei Fehler machen. Dieser kann auch anders sein als der deiner Eltern. In einer Familie muss es aber für das Zusammenleben einen Rahmen und Regeln geben, jeder muss seinen Platz finden und keiner darf zu kurz kommen. Nicht die Kinder und auch nicht die Eltern. Dafür braucht es Liebe, Nerven und Kompromissbereitschaft auf beiden Seiten.

**Das Schöne an einer Familie ist:
Man ist nie allein.
Das Nervige an einer Familie ist:
Man ist nie allein.**

Nur Kleingeister brauchen Ordnung.

GENIES überblicken auch das CHAOS.

Eltern und Teenager leben zusammen – aber in ZWEI WELTEN

In den meisten Familien hat man das Gefühl, Eltern und Teenager leben in (mindestens) zwei verschiedenen Welten: Die Eltern sind Anhänger von Ordnung und Sauberkeit und die Teenager sind Fans der Chaostheorie. *Natürlich* gibt es auch Familien, in denen das genau umgekehrt ist. Wenn Eltern eher chaotisch und unordentlich sind und gern auf den letzten Drücker kommen, dann bedeutet das nicht, dass der Nachwuchs auch so ist. Oft sind die Kinder dann genervt davon, sodass sie ihr Zimmer pedantisch in Ordnung halten und superpünktlich sind.

Anders zu sein als die Eltern – das ist wichtig, wenn man sich von ihnen abgrenzen will. Teenager haben einfach Besseres zu tun als aufzuräumen und ständig auf die Uhr zu schauen. Was Eltern auch nie verstehen: Im Chaos der Wäscheberge auf dem Fußboden, der Papierstapel auf dem Tisch und der Essensreste unter dem Bett herrscht System. Teenager wissen, wo noch saubere Wäsche und der Zettel mit den Hausaufgaben zu finden ist, und wenn der große Hunger kommt, ist die Kekspackung unterm Bett genau das Richtige. Kritisch wird es aber, wenn sich das geordnete Chaos langsam in eine Müllhalde verwandelt. Wenn altes Essen anfängt zu schimmeln, die Fruchtfliegen um angebissenes Obst kreisen, mehr Wäsche auf dem Boden als im Schrank liegt, die alten Socken stinken, zwischen Zettelhaufen kein Platz mehr zum Arbeiten ist und die Schulsachen nicht mehr gefunden werden, dann wird es Zeit, Ordnung ins Chaos zu bringen.

Echt klug wäre es, wenn man von allein draufkommt und am besten, bevor die Eltern komplett austicken. Das spart ungemein Nerven auf beiden Seiten. Und irgendwie ist eine saubere Bude auch mal ganz schön.

„Warum liegt schon wieder alles auf dem Boden???"
„Das ist die Schwerkraft, Mama!"

Schulnoten vergeben

Vergib Schulnoten für deine Familienmitglieder. Wer ist bei euch wirklich der *Sauberkeitsstreber* (nur Bestnoten), wer ist der *Normalo* (gesundes Mittelfeld) und wer ist der *Familienchaot* (eindeutig Klassenletzter)?

	Du	Mutter	Vater		
Wer hat einen ordentlichen Kleiderschrank?	2	4	5		
Wer hat den besten Geruchssinn?					
Wer braucht am längsten im Bad?	1	2	5		
Wer drückt sich am wenigsten vor Hausarbeit?	6	1	2		
Wer macht die meiste Hausarbeit?	2	1	3		
Wen stört Dreck und Unordnung am meisten?	6	1	4		
Wer sucht ständig Dinge, die er verlegt hat?					
Wer findet die meisten Dinge wieder?					
Ergebnis					

Das ABC der Ordnungsliebhaber und Chaosfans

Finde den Anfangsbuchstaben deines Namens und den deiner Familienmitglieder, und du weißt, wer ihr seid.

Abfallbeseitiger

Besenschwinger

Chaostante

Dreckspatz

Ekelheini

Frische-Brise-Lüfter

Grundreiniger

Handwäscher

Igitt-Sager

Jammerlappen

Kurzwaschgänger

Leiseschrubber

Müllfetischist

Nacktputzer

Ordnungsfanatiker

Putzmuffel

Quantenwischer

Runterschmeißer

Staubsaugprofi

Tiefenreiniger

Unter-den-Tisch-Kehrer

Vogeldreckwegmacher

Wischmops

Xmal-das-Putzen-Vergesser

Yeti-Haarverlierer

Zwanghafter-zu-viel-Putzer

Haushaltspflichten

Sei ganz ehrlich: Wie oft hilfst du im Haushalt? Kreuze die Häufigkeit der verschiedenen Tätigkeiten an. 1 bedeutet selten, 2 nur nach mehrmaliger Aufforderung und 3 heißt selbstständig und regelmäßig. Bist du mit dem Ergebnis zufrieden oder hast du bei der Mithilfe im Haushalt noch Luft nach oben?

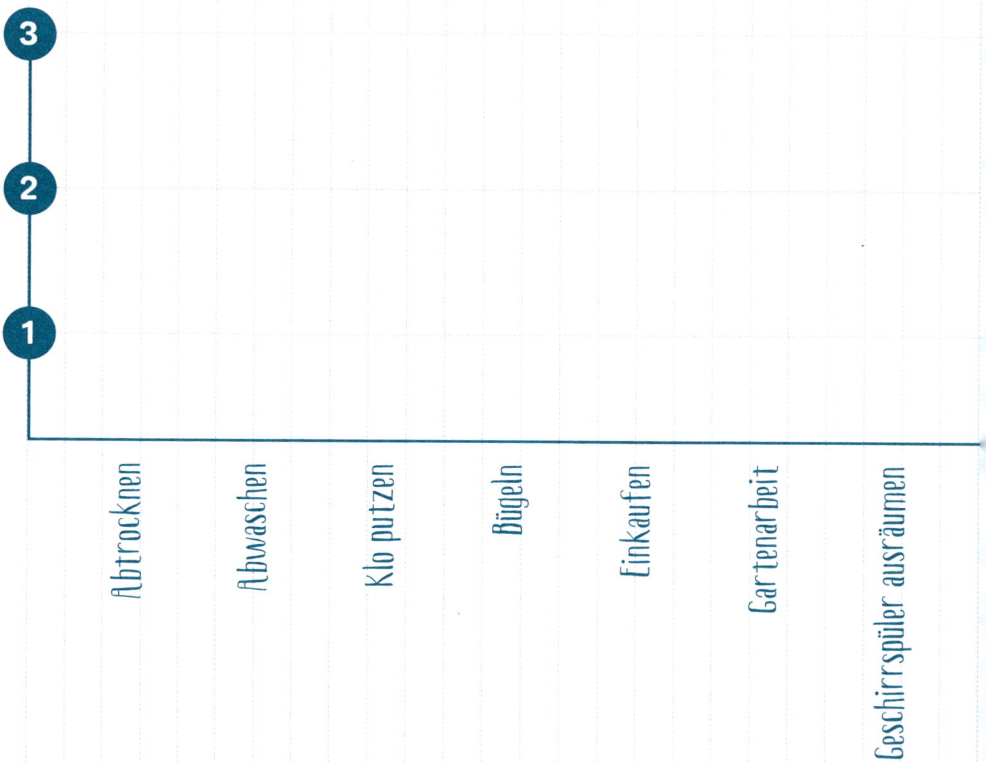

Aufräumen
muss man erst,
wenn das WLAN-Signal
nicht mehr
durchkommt.

Kochen	Müll entsorgen	Staubsaugen	Tisch abräumen	Tisch decken	Wäsche waschen	Wischen	Zimmer aufräumen

Weißt du das?

Viele Antworten kennst du wahrscheinlich. Mit diesem Wissen über Müll, Putzen, Ordnung und Bakterien kannst du sicher deine Eltern beeindrucken!

1. In welche Mülltonne gehören kaputte Glühbirnen und Trinkgläser?

a. in die gelbe Verpackungsmülltonne
b. in den Altglascontainer
c. in die Restmülltonne

2. Von was werden Fruchtfliegen bei reifem Obst angelockt?

a. vom Zuckergeschmack
b. vom Essiggeruch
c. vom ekligen Aussehen

3. Wo befinden sich mehr Keime?

a. auf der Klobrille
b. im Kühlschrank
c. an der Türklinke

4. Was bedeutet dieses Symbol auf einem Etikett in der Kleidung?

a. Das Wäschestück darf nur kalt gewaschen werden.
b. Wasserhahn abschrauben und mit in die Wäsche geben.
c. Achtung: Aus dem Hahn kommt heißes Wasser.

5. Mit welchem Hausmittel kann man Kugelschreiberflecken von Kleidung restlos entfernen?

a. mit Essigessenz
b. mit Zitronensaft
c. mit Olivenöl

6. Was darf man auf keinen Fall zusammen in der Waschmaschine waschen?

a. Unterwäsche und Handtücher
b. T-Shirts und Pullover
c. weiße und bunte Wäsche

7. Wie geht das Sprichwort weiter? Ordnung ist …

a. die Mutter der Porzellankiste.
b. das halbe Leben.
c. die Taube auf dem Dach.

8. Was gehört nicht in die Biotonne oder auf den Kompost?

a. Staubsaugerbeutel
b. Gemüseschalen
c. Heu

9. Was ist das beste Mittel gegen Zimmermief?

a. Nasenklammer
b. Duftspray
c. Fenster aufmachen und lüften

Die Lösungen findest du am Ende des Buches.

Jetzt, gleich und sofort – die verschiedenen ZEITRECHNUNGEN

Nach der Ordnung ist die Zeit ein weiterer großer Streitfaktor zwischen Eltern und Kindern. Die Uhren laufen einfach anders bei Erwachsenen. Klar haben sie mehr Verantwortung, mehr Pflichten, mehr Arbeit, aber muss man als Teenager mit der Alltagshektik gleichziehen?

Es ist ja nicht so, dass Teenager nicht auch unter Zeitdruck stehen: Aufstehen, Busabfahrt, Schulbeginn, Pausenzeiten, Unterrichtsbeginn, Trainingszeiten, Hausarbeit, Schularbeiten, Schlafengehen – überall tickt die Uhr. Da möchte man wenigstens zu Hause chillig an die Sachen rangehen und selbst bestimmen, wann was gemacht wird.

Außerdem ist der Umgang mit der Zeit eine Charakterfrage und auch viele Erwachsene haben Pünktlichkeit nicht auf dem Schirm. Die Menschheit teilt sich in zwei Gruppen ein: Die einen haben vorher Stress und sind immer zu früh dran, die anderen haben den Stress erst später, weil sie zu spät kommen.

Aber egal zu welcher Gruppe man gehört: Mit etwas Training kann man ein gutes Mittelmaß finden. Es ist nämlich eine Frage des Respekts, wie lange man einen Menschen warten lässt. Nicht nur Freunden reißt da mal der Geduldsfaden, wenn man immer zu spät kommt, in der Familie ist das genauso. Gibt es eine zeitliche Verabredung, sollte sie von jedem eingehalten werden. Auch wann eine Hausarbeit erledigt sein soll, ist eine Vereinbarung, die man mit seinen Eltern verhandeln kann – an diese muss man sich dann aber auch halten.

Selbsteinschätzung

Beantworte die Fragen und stelle am Ende fest, welcher Typ du bist.

- ○ Überpünktlicher
- ⊗ Auf die Sekunde-Kommer
- ○ Immer-zu-spät-Typ

Ein Familienausflug mit Abfahrt 10 Uhr ist geplant. Du ...

- ⊗ stehst Punkt 10 Uhr angezogen an der Tür.
- ○ wartest bereits seit 9.45 Uhr auf den Rest der Familie.
- ○ stehst um 9.52 Uhr hektisch auf.

Um 8 Uhr beginnt die Schule.

- ○ Mit dem Klingeln bist du im Klassenraum.
- ○ Du kommst morgens nicht aus den Puschen und deine Eltern müssen dich mit dem Auto zur Schule fahren.
- ⊗ Damit du bloß nicht zu spät kommst, nimmst du einen Bus früher.

Du sollst Sonntag dein Zimmer aufräumen.

- ⊗ Kurz vorm Schlafengehen ist das meiste erledigt.
- ○ Montag ist auch noch ein Tag.
- ○ Das Zimmer ist schon am Samstag sauber.

Um 19 Uhr gibt es Abendbrot mit der ganzen Familie. Du ...

- ○ hilfst schon beim Tischdecken.
- ○ sitzt pünktlich am Tisch.
- ⊗ kommst wirklich gleich, bald, sofort ...

Ich komme gleich, ich muss NUR NOCH …

Was sind deine beliebtesten Gründe, warum du nicht pünktlich zu einer Verabredung mit deinen Eltern kommen kannst?

- ○ WhatsApp checken
- ○ Handy aufladen
- ○ Klamotten suchen
- ○ Auf die Toilette gehen
- ○ Buch zu Ende lesen
- ○ Film zu Ende schauen
- ○ Hausarbeiten fertig machen
- ○ Sich vom Bett verabschieden
- ○ Aufwachen
- ○ Das Haustier streicheln
- ○ ……………………………………………
- ○ ……………………………………………
- ○ ……………………………………………
- ○ ……………………………………………

Wenn Eltern ausflippen

Mit welchen Konsequenzen musst du rechnen, wenn du wieder mal zu spät gekommen bist, dein Zimmer nicht aufgeräumt oder deine Hausarbeit nicht erledigt hast?

- ◯ Schreianfall, aber dann ist es auch wieder gut.
- ◯ Das ist meinen Eltern egal.
- ◯ Handy wird eingezogen.
- ◯ Fernsehverbot
- ◯ Taschengeldkürzung
- ◯ Hausarrest
- ◯ Nächster Ausflug wird gestrichen.
- ◯ Freunde dürfen mich nicht mehr besuchen kommen.
- ◯ Es gibt kein Essen.
- ◯ Ich muss allein essen.
- ◯ Ich kriege eine Strafarbeit aufgebrummt.
- ◯ ....
- ◯ ....
- ◯ ....

Beliebte ELTERNSPRÜCHE

Kreuze die Sprüche an, die deine Eltern gern verwenden oder schreibe welche dazu.

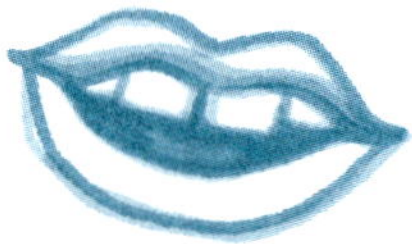

- ◯ Als ich in deinem Alter war …
- ◯ Wie siehst du schon wieder aus?
- ◯ So gehst du nicht aus dem Haus.
- ◯ Nie tust du, was man dir sagt.
- ◯ Solange du die Beine unter unseren Tisch stellst …
- ◯ Du wirst uns noch dankbar dafür sein.
- ◯ Wir wollen nur dein Bestes.
- ◯ Hör auf, in diesem Ton mit mir zu reden.
- ◯ Wie sieht dein Zimmer eigentlich wieder aus?
- ◯ Hast du deine Hausaufgaben gemacht?
- ◯ Du denkst immer nur an dich.
- ◯ Wer war das?
- ◯ Ich habe dir schon tausendmal gesagt …
- ◯ Du weißt gar nicht, wie gut du es hast.
- ◯ Du könntest auch mal dankbar sein.
- ◯ Wir werden sehen.
- ◯ Wir wissen, was gut für dich ist.
- ◯ Das ist kein Umgang für dich.
- ◯ Das machst du nie wieder.
- ◯ Wie war die Schule?
- ◯ Hab mehr Respekt vor deinen Eltern.
- ◯ Weil ich deine Mutter/dein Vater bin und ich es dir sage.
- ◯ Du gehst erst, wenn …

- ◯ ……………………………………………………………………
- ◯ ……………………………………………………………………
- ◯ ……………………………………………………………………

… und Sprüche der TEENAGER

Welche Sprüche rutschen dir öfter mal raus?

- ○ Ihr versteht das einfach nicht.
- ○ XY darf das auch.
- ○ Das ist mir egal.
- ○ Ihr könnt mich nicht dazu zwingen.
- ○ Das ist ungerecht.
- ○ Chillt mal.
- ○ Du hast mir gar nichts zu sagen.
- ○ Igitt, das esse ich nicht.
- ○ Ich dachte, das stört euch nicht.
- ○ Alle dürfen, nur ich nicht.
- ○ Ich komme gleich.
- ○ Kannst du mir Geld borgen?
- ○ Kaufst du mir …
- ○ Ich brauche meine …
- ○ Wo ist …?
- ○ Ihr habt mich gar nicht mehr lieb.
- ○ Ich habe euch nicht gebeten, geboren zu werden.
- ○ Ihr seid schuld, dass …
- ○ Kannst du mich zu XY fahren?
- ○ Darf ich ausnahmsweise …
- ○ Nur noch einmal – versprochen!
- ○ Sei nicht so peinlich.
- ○ Das ist mein Leben.
- ○ Ich mach das gleich.

- ○ ……………………………………………………………………………………
- ○ ……………………………………………………………………………………

Rechte und Pflichten

Wusstest du, dass die Mithilfe von Jugendlichen im Haushalt sogar im Bürgerlichen Gesetzbuch (§ 1619) steht? Das Gesetz versteht das Mithelfen als Gegenleistung für die Erziehung und das Dach über dem Kopf, das die Eltern ihren Kindern bieten. Natürlich darf das nicht in Kinderarbeit ausarten und auch die Entwicklung und Gesundheit des Kindes muss dabei berücksichtigt werden.

Das Gericht befindet aber, dass Kinder ab dem 14. Lebensjahr sieben Stunden in der Woche im Haushalt helfen sollten. Wenn die Eltern krank sind oder ein Notfall besteht, kann sich die Stundenzahl vorübergehend erhöhen.

Aber nach dem Gesetz haben die Jugendlichen natürlich auch Rechte:

- Häusliche Arbeit vor und während der Schulzeit darf von den Eltern nicht eingefordert werden.
- Auch wenn nach der Schule kaum Zeit zum Lernen bleibt, ist die Mithilfe im Haushalt nicht zulässig.

Das bedeutet ganz klar: Schule geht vor!

Wenn die Pflicht ruft, mach einfach die Musik lauter.

Tipps zur Krisenbewältigung

Bei der unterschiedlichen Sichtweise von Eltern und Teenagern darüber, was sauber, ordentlich und pünktlich bedeutet, ist Streit vorprogrammiert. Wenn es dir echt schwerfällt, auf die Bedürfnisse deiner Eltern in Punkto Sauberkeit und Pünktlichkeit einzugehen, hilft nur die „Augen-zu-und-durch"-Methode. Das heißt: Finde in regelmäßigen Abständen deine Sauber-Reset-Taste und verwandle dein Zimmer in eine für Erwachsene einigermaßen annehmbare Zone. Das muss dir keinen Spaß machen. Eltern müssen aushalten, dass du das maulend und in deinem Zeitrahmen machst.

Wenn du ein richtiger Chaostyp bist, such dir eine Schachtel oder Schublade, in die du alles reinschmeißen kannst, für das du ansonsten keinen Platz findest. Darin haben deine Eltern auch nichts zu suchen – das ist Privatsphäre. Kriegst du das nicht selbständig hin, solltest du spätestens nach der dritten Aufforderung anfangen, dein Zimmer aufzuräumen oder am Treffpunkt zu erscheinen. Eltern haben den längeren Atem, und wenn sie erst mal ausflippen, hängt der Haussegen gewaltig schief.

Wenn dir das Chaos über den Kopf gewachsen ist, und du absolut nicht weißt, wo du anfangen sollst, frage deine Eltern, ob sie dir helfen, ein System zu entwickeln. Das bedeutet nicht, dass sie dir jedes Mal helfen müssen, wenn du keine Lust hast, deine Sachen wegzuräumen. Aber vielleicht brauchst du Hilfe bei der Entscheidung, ob du dich von Dingen aus der Kindheit trennen sollst oder nicht, ob dein Zimmer eine neue Aufteilung oder andere Möbel und Aufbewahrungskisten braucht.

Egal, ob du erst nach Aufforderung putzt oder ob du Hilfe benötigst: Hab Stolz und sei so selbständig, dass du dir das Putzen in deinem Zimmer nicht von deinen Erziehungsberechtigten aus der Hand nehmen lässt. Das wäre zwar bequem, aber echt kindisch.

Nichts ist verloren.
Außer deine Mutter
weiß auch nicht, wo es ist.
Dann ist es weg. Für immer.

Wir sind deine

ELTERN.

Wir dürfen das!

GRENZEN sind dazu da, um sie zu ÜBERSCHREITEN

Als Teenager stellt man viele Dinge infrage, die vorher vollkommen klar waren und die man mit den Eltern geteilt hat. Die Pubertät ist eine Zeit, in der Jugendliche eine eigene Meinung entwickeln, an der sie auch festhalten, wenn es einen Disput mit den Eltern gibt.

So kommt es in vielen Familien zu endlosen Diskussionen darüber, was man will, kann, soll und muss. Dabei können die Auffassungen zwischen Eltern und Kindern extrem unterschiedlich sein. Eltern verfügen über einen Beschützerinstinkt, der nicht nachlässt, auch wenn ihre Kinder älter oder gar erwachsen sind. Denn dieser ist wie eingebrannt und beschäftigt Eltern ihr ganzes Leben: Sie möchten ihre Kinder vor den negativen Folgen ihres Handelns beschützen. Das ist in einem gesunden Rahmen nicht nur vollkommen richtig, sondern ist auch Pflicht der Eltern.

Aber die Angst der Eltern darf die Kinder nicht einengen. Jeder muss seine eigenen Erfahrungen machen dürfen und dazu gehört auch, dass man Misserfolge erlebt und lernt, Gefahren zu erkennen und ihnen aus dem Weg zu gehen.

Eltern dürfen nicht Verbote und Gebote danach richten, wie das in der eigenen Jugend gehandhabt wurde. Die Zeiten und die Gesellschaft ändern sich ständig. Auch die Kommunikation zwischen Eltern und Teenagern ist anders als vor dreißig Jahren. Es gibt auch nicht mehr eine gesellschaftliche Meinung, die sagt, was man tun und nicht tun darf. Das macht es Jugendlichen oft nicht leicht, zu verstehen, warum es in den Familien der Freunde ganz anders zugeht als in der eigenen. Zum Beispiel sind manche Eltern total locker und haben mehr Geld zur Verfügung. Dann ist es echt schwer zu akzeptieren, dass die eigenen Eltern strenger sind und sich das Geld einteilen müssen.

Es ist immer gut, wenn Eltern glaubwürdig sind und es klare Regeln gibt. Wenn man diese dann nicht einhält, muss man mit den Konsequenzen klarkommen. Aber Eltern müssen ihren Kindern auch Freiräume geben und Zeit zum Zuhören finden.

Alle meine Freunde dürfen das. Nur ICH nicht.

KLARE REGELN oder Selbstbestimmung?

Was darfst du tun und was nicht? Gibt es eindeutige Verbote deiner Eltern und hältst du dich daran?

Wie lange darfst du in der Schulzeit abends außer Haus bleiben?

....

Wie sieht es damit am Wochenende oder in den Ferien aus?

....

Darfst du in deiner Freizeit tun, was du willst? ○ ja ○ nein

Bewerten deine Eltern deinen Freundeskreis? ○ ja ○ nein

Kam es schon mal vor, dass sie dir den Umgang mit einem Menschen verboten haben, und wenn ja, warum?

....

....

Mischen sich deine Eltern in deinen Kleidungsstil ein? Wenn ja, wo setzen sie Grenzen?

....

....

Hast du unbegrenzten Zugang zu Fernsehen und Internet?

....

Was sagen deine Eltern zum Thema Alkohol und Zigaretten?

....

Das Regelwerk

Schreibe die wichtigsten Regeln auf, die deine Eltern aufgestellt haben und bewerte sie mit den Buchstaben A, S und U.
A = akzeptabel; S = schwierig, aber machbar; U = unerträglich

Ⓐ Ⓢ Ⓤ ....

....

....

Ⓐ Ⓢ Ⓤ ....

....

....

Ⓐ Ⓢ Ⓤ ....

....

....

Ⓐ Ⓢ Ⓤ ....

....

....

„Lerne die Regeln wie ein Profi, damit du sie brechen kannst wie ein Künstler."

Taschengeld

Kinder und Jugendliche verdienen noch kein Geld und sind von den Finanzspritzen der Eltern abhängig. Was Eltern geben können, hängt von ihrem Einkommen ab. Zu bedenken sind auch feste monatliche Ausgaben wie Miete, Strom, Wasser, Versicherungen, Lebensmittel, Kleidung usw. Wenn Geschwister da sind, bekommen auch die Taschengeld. Was Eltern geben wollen, ist oft auch ein Ausdruck dafür, was sie für ihren Nachwuchs richtig finden. Was du dir von deinem Taschengeld kaufst, sollte allerdings nicht immer von den Eltern kommentiert werden. Das Taschengeld ist für Spielsachen, Süßigkeiten, kleine Wünsche etc. da.

Beim Geldausgeben spielt deine Persönlichkeit eine Rolle, je nachdem, ob du eher ein Sparfuchs oder ein Gern-Geldausgeber bist. Die eine gibt ihr Geld lieber spontan für viele kleine Sachen aus, der andere spart für eine größere Anschaffung, die er sich schon lange wünscht.

Bis zum 10. Lebensjahr sollte Taschengeld wöchentlich ausgezahlt werden, ab dem 11. Geburtstag monatlich, denn dann solltest du lernen, dein Geld einzuteilen. Das fällt übrigens auch Erwachsenen oft nicht leicht.

Ab 12 Jahren können deine Eltern dir ein Girokonto einrichten und das Taschengeld monatlich darauf einzahlen. Fast überall kann man bargeldlos mit Karte bezahlen. Du kannst so auch sparen, weil du das Geld nicht sichtbar vor dir hast. Zu viel Geld kann man mit einem Kinder-Girokonto sowieso nicht ausgeben, denn es hat keinen Überziehungskredit.

Bist du über 14 Jahre alt, kannst du mit deinen Eltern verhandeln, ob du zusätzlich zum Taschengeld ein sogenanntes Budgetgeld bekommst. Davon musst du z. B. notwendige Kleidung selbständig einkaufen und bezahlen. Ob das funktioniert, solltet ihr unbedingt 2–3 Monate lang probieren und dann genau besprechen, was von diesem Budgetgeld erworben wurde. Zwar wird dein Taschengeld damit nicht unbedingt erhöht, aber deine Selbständigkeit wird gefördert, und das ist ein richtig tolles Gefühl.

Die Jugendämter in Deutschland veröffentlichen jährlich eine Taschengeldempfehlung nach Alter gestaffelt. Das ist kein Gesetz, aber Eltern können sich danach richten, und du hast die Möglichkeit, den vorgeschlagenen Geldwert als Argument bei Verhandlungen einzusetzen. Nicht allen Eltern ist es allerdings möglich, ihren Kindern so viel Taschengeld zu geben. Grundlage ist immer ihr Einkommen und wie viel Geschwister vorhanden sind.

10 – 11 Jahre	13 – 16 Euro pro Monat
12 – 13 Jahre	18 – 22 Euro pro Monat
14 – 15 Jahre	25 – 30 Euro pro Monat
16 – 17 Jahre	35 – 45 Euro pro Monat
18 Jahre	70 Euro pro Monat

Stand 2019. Quelle: https://www.taschengeldtabelle.org/

Eltern sind in der Regel keine Goldesel, sollte das Taschengeld also hinten und vorn nicht reichen, überlege dir, etwas dazuzuverdienen. Als Teenager kann man nach der Schule und der Erledigung der Schularbeiten kleine Jobs wie Babysitten, Einkaufen für Senioren oder Hunde ausführen annehmen. Für normale Mithilfe im Haushalt solltest du kein zusätzliches Geld von deinen Eltern bekommen. Stehen Zusatzaufgaben wie Autowaschen, Frühjahrsputz oder Gartenpflege an, kannst du dich von deinen Eltern entlohnen lassen. Das muss aber nicht immer nur Geld sein. Ein besonderer Ausflug oder ein Sachwunsch können ebenfalls Freude bereiten.

Die Jugendämter empfehlen Eltern übrigens auch, Taschengeldentzug nicht als Strafe einzusetzen. Genauso sollten gute Schulnoten nicht mit Geld belohnt werden. Beides ist nicht gut, wenn du einen richtigen und regelmäßigen Umgang mit Geld lernen willst.

Einnahmen vs. Ausgaben

Wenn dein Taschengeld nie ausreicht und du wissen willst, wo das Problem liegt, dann fülle diesen Kostenplan aus. Außerdem ist er vielleicht eine super Grundlage, um mit den Eltern über eine Taschengelderhöhung zu diskutieren.

Ausgaben

Was und wie viel musst du monatlich von deinem Taschengeld finanzieren oder wofür gibst du es aus?

	regelmäßig und notwendig (in €)	unregelmäßig und eher Luxus (in €)
Süßigkeiten		
Spielsachen		
Musik		
Bücher		
Handy-Kosten		
Zeitschriften		
Eintrittsgelder		
Sport		
Summe		
	Gesamtsumme	

Einnahmen

Wie viele Euro stehen dir monatlich zur Verfügung?

	€
Taschengeld	
Finanzspritzen von Großeltern u. a.	
Kleine Jobs	
Gesamtsumme	

Jetzt wird's ernst. Vergleiche deine Einnahmen und Ausgaben.

Einnahmen ______ € – Ausgaben ______ € = ______ €

Wenn du mit dem Ergebnis im Minus bist, haben deine Finanzen eine Schieflage. Kommst du schon mit den notwendigen und mit den Eltern vereinbarten Ausgaben nicht klar, solltest du mit ihnen über den Grund hierfür reden und ob eine Erhöhung des Taschengelds eine Möglichkeit wäre.

Abhängen, Weggehen, Feiern und noch mehr

Es gibt für Teenager nichts Besseres, als die Freizeit mit Freunden zu verbringen und zusammen abzuhängen. Eltern fragen sich dann oft: „Was machen die denn da die ganze Zeit?“ Und: „Können die nicht was Sinnvolles machen?“

Dabei ist es so wichtig, sich mit seiner Ingroup auszutauschen, Probleme zu diskutieren, sich gegenseitig auf den Stand der Dinge zu bringen und manchmal einfach nur so zusammen zu sein. Das kann im Park stattfinden, im Jugendclub, im Eiscafé, bei jemandem zu Hause und sogar auf dem Spielplatz aus Kindheitstagen. Ältere Jugendliche planen und gehen schon auf Partys. Das sind ganz neue Herausforderungen, denen man sich stellen muss, und die von Eltern klar mit Regeln kommentiert werden.

Egal, ob man sich draußen mit Freunden trifft oder woanders mit ihnen verabredet ist, viele Eltern wollen wissen, wo man mit wem warum war. Nicht immer wirst du alles erzählen wollen. Deshalb ist es umso wichtiger, eine Vertrauensgrundlage aufzubauen:

- Zeige deinen Eltern, dass auf dich Verlass ist.
- Halte Ausgehzeiten ein.
- Melde dich, wenn es später wird.
- Stelle hin und wieder neue Freunde vor, das schafft Vertrauen.
- Lass die Finger von Alkohol, Nikotin und anderen Giften.

Wenn das (meistens) klappt, kann man sich auch mal Ausrutscher erlauben. Das können Eltern dann verzeihen, weil sie wissen, dass es eine Ausnahme war.

Wenn Eltern sich um ihren Nachwuchs ängstigen, werden sie echt ungemütlich. Das ist wie bei Vogeleltern: Wenn die Küken in ihren Augen zu früh aus dem Nest wollen, werden sie recht unsaft zurückgeschubst. Allerdings müssen Eltern auch loslassen können und ihre Angst im Griff haben, dass ihren flügge werdenden Teenagern nichts passiert, wenn sie weggehen. Solange du aber noch nicht volljährig bist, haben deine Eltern die Verantwortung für dich.

Sei also schlau und bau eine „Alles-ist-gut-Grundlage“ auf. Du wirst sehen, das macht es für beide Seiten leichter.

Tipps zum Weggehen

1. Zieh nur Klamotten und Schuhe an, in denen du dich wohlfühlst und in denen du gut laufen und tanzen kannst.
2. Lass Wertsachen zu Hause und nimm nur das Nötigste in einer Tasche mit, die du eng am Körper trägst, z. B. eine Gürteltasche.
3. Als Mädchen sollte man immer Notfalltampons einpacken.
4. Du brauchst nur ein paar Schminksachen zum Auffrischen – lass das andere Zeug zu Hause.
5. Taschentücher sind als Toilettenpapierersatz, Abschminktuch oder bei Weinanfällen unverzichtbar auf einer Party.
6. Kaugummis nicht vergessen. Man weiß ja nie, ob man Knutschen will.
7. Damit die Eltern beruhigt sind, gib ihnen die Handynummer der Gastgeber oder einer Freundin, die dich begleitet. Falls dein Handy verloren geht oder du nicht an dein Handy gehst und sie sich Sorgen machen, können sie dich trotzdem erreichen. Deine Begleitung sollte auch die Nummer deiner Eltern haben. Man weiß nie, ob mal erwachsene Hilfe benötigt wird.
8. Hab ein Auge auf dein Getränk beim Feiern, damit dir niemand etwas hineinschütten kann.
9. Bleib nicht allein, wenn deine Begleitung gehen will, egal, wie gut du gerade drauf bist.
10. Wenn es dir schlecht geht, bitte deine Freunde, dich nach Hause zu bringen. Das machen gute Freunde auf jeden Fall!
11. Verabrede vorher, wie du nach Hause kommst. Vielleicht hast du coole Eltern, die dich abholen, oder es gibt eine Fahrgemeinschaft mit anderen Eltern. Hab für den absoluten Notfall auf jeden Fall genug Taxigeld dabei.

Party-Checkliste

Wenn du vorhast, eine Party zu schmeißen, deine Eltern aber noch davon überzeugen musst, orientiere dich an dieser Checkliste und lege ihnen den Plan dann vor. Das gibt sicher Pluspunkte, denn eine gute Vorbereitung zeigt, dass du dir Gedanken gemacht hast, und schindet immer Eindruck.

1. Anlass der Party: Geburtstag, Mottoparty oder einfach so?
2. Die passende Location: zu Hause oder Anmietung eines Raums?
3. Gästeliste: Wie viele Gäste kommen können, hängt von der Größe des entsprechenden Raums ab.
4. Einladungen: Möchtest du Einladungen gestalten, reicht eine mündliche Info oder ist dir doch eine WhatsApp-Gruppe lieber?
5. Getränke und Essen: Was wird gebraucht, was kostet das und wer kauft ein? Wenn wenig Geld zur Verfügung steht, kann man auch darum bitten, dass jeder etwas mitbringt.
6. Deko: Was wird gewünscht, wer besorgt alles und bringt sie an?
7. Musik: Wer kümmert sich um die Musik während der Party?
8. Nachbarn informieren: Entweder Zettel verteilen, auf dem um Verständnis für laute Musik am Abend gebeten wird, oder selbst vorbeigehen.
9. Unterhaltungsprogramm: Wenn nicht nur getanzt werden soll, kann man sich Partyspiele überlegen.
10. Location vorbereiten: Ist die Tanzfläche frei, gibt es genug Sitzmöglichkeiten, wo stehen Getränke und Fingerfood, sind genug Mülleimer oder -säcke vorhanden, ist an Lappen und Reinigungsmittel gedacht, ist genug Klopapier auf der Toilette, braucht man Verlängerungskabel für die Technik und wo ist der Feuerlöscher?
11. Mithilfe organisieren: Bitte Freunde darum, dich bei der Vorbereitung, Durchführung und beim Saubermachen am nächsten Tag zu unterstützen. Lege Verantwortlichkeiten vorher fest.
12. Und zum Schluss: Quanta costa? Wie viel Euro kostet das Ganze?

Zu Hause ABHÄNGEN

Freunde in die eigene Bude einladen, wenn die Eltern arbeiten, ausgehen oder gar verreist sind, ist so eine Sache. Sprichst du das nicht vorher mit ihnen ab, kann es sein, dass es gut geht. Wenn nicht, sind sie stinksauer und du kriegst verschärfte Verbote aufgebrummt. Erlauben deine Eltern Gäste in ihren vier Wänden während ihrer Abwesenheit, ist das ein großer Vertrauensbeweis. Umso wichtiger ist es, dass du dich an Regeln hältst, die ihr vorher besprecht. Das können Zimmer sein, die auf keinen Fall benutzt werden sollen, wie das Elternschlafzimmer. Zu den Absprachethemen gehören unter anderem auch, wie viele Gäste eingeladen und welche Getränke angeboten werden dürfen, und wie lange die Party gehen darf. Alkohol- und Nikotinverbot ist sowieso klar.

Wenn eine heimliche Feier nicht mit den Eltern abgesprochen wurde oder sie es sogar verboten haben, ist das ein Vertrauensmissbrauch und die Folgen können sehr unangenehm sein. Eins darfst du nicht vergessen: Zu 99,99 % fliegt eine heimliche Party auf. Selbst wenn die Nachbarn dichthalten und nichts Wesentliches kaputt gegangen ist – Mutti merkt alles! Entschließt du dich trotzdem dazu, hast du als Gastgeber noch mehr Verantwortung als sonst. Behalte den totalen Überblick und bring danach die Bude auf Vordermann. Das ist Ehrensache!

Lieber mit Freunden
in der Hölle eine geile Party feiern,
als im Himmel mit lauter Idioten
rumzuhocken und sich
zu langweilen.

Zum Runterkommen

Wenn du stocksauer bist, weil deine Eltern mal wieder etwas nicht erlaubt haben, dann atme tief durch. Das Ausmalen eines Mandalas kann dir dabei helfen, herunterzukommen. Wenn du ruhiger bist, fallen dir vielleicht noch ein paar gute Argumente zum Umstimmen deiner Eltern ein.

Ausgehzeiten

Feste Regeln, alles ganz locker oder vollkommen egal – wann musst du zu Hause sein?

Schulschluss:

○ gleich danach ○ nach Absprache ☒ Immer anders

Freizeit, in der Schulwoche:

15 Uhr ○ zum Abendbrot ☒ nach Absprache

Am Wochenende:

10 Uhr ○ zum Abendbrot ☒ nach Absprache ○ wenn es dunkel wird

In den Sommerferien:

10 Uhr ○ zum Abendbrot ☒ nach Absprache ○ wenn es dunkel wird

In den Winterferien:

10 Uhr ○ zum Abendbrot ☒ nach Absprache ○ wenn es dunkel wird

Wie findest du die Vorgaben deiner Eltern auf einer Skala von 1 bis 5?
1 ist alles super und 5 ist voll blöd.

1	(2)	3	4	5

Bei welchen Gelegenheiten wünschst du dir mehr zeitliche Freiheit?

1. ....

2. ....

3. ....

Das ist Gesetz

Für das Verhandeln und Diskutieren von Regeln und Verboten ist es immer gut zu wissen, was das Jugendschutzgesetz sagt. Daran müssen sich auch deine Eltern halten.

Für Kinder und Teenager zwischen 10 und 16 Jahren gilt:

- Absolutes Rauch- und Dampfverbot, auch von nikotinfreien Zusätzen.
- Sie dürfen sich nicht in Spielhallen oder an anderen Orten aufhalten, an denen nur Erwachsene Zutritt haben.
- Gaststätten dürfen Kinder ohne Begleitung nur zum Verzehr einer Mahlzeit oder eines Getränks betreten.
- In Begleitung der Eltern oder einer beauftragten, erwachsenen Person dürfen sich Kinder und Teenager zeitlich unbeschränkt in Gaststätten aufhalten und Kinofilme anschauen, die nach 20 Uhr enden.
- Ohne erwachsene Begleitung sind Kinobesuche nur bis 20 Uhr (10 – 13 Jahre) oder 22 Uhr (14 – 15 Jahre) und Filme mit entsprechender Altersfreigabe gestattet.
- Bei Tanzveranstaltungen dürfen Kinder und Teenies in diesem Alter generell nicht anwesend sein. Es gibt dabei aber ein paar Ausnahmen. Zwischen 10 und 13 Jahren dürfen Veranstaltungen bis 22 Uhr, ab 14 Jahren bis 24 Uhr in Jugendtreffs und Vereinen besucht werden. Was auch als Ausnahme zählt: wenn man selbst aktiv an einer Tanzaufführung beteiligt ist.
- Für Konzerte gibt es keine eindeutige Regelung. Wer rein darf, liegt im Ermessen des Veranstalters. Oft gilt die Regel, dass Kinder unter 14 Jahren nur in Begleitung von Erwachsenen Eintritt zum Konzertort gestattet wird.

Oft brauchst du einen MUTTIZETTEL, auf dem deine Eltern einer anderen erwachsenen Person (ab 18 Jahren) eine schriftliche Vollmacht für dich erteilen.

Mehr Infos über den Muttizettel findest du im Internet, z. B. auf www.muttizettel.net.

Gruppenzwang

Hast du schon mal was durchgezogen, nur, weil andere aus deiner Clique es getan haben? Fühlst du dich manchmal gezwungen, bei etwas mitzumachen?
Kreuze an.

- ○ Klauen
- ○ Schwarzfahren
- ○ Rauchen
- ○ Alkohol trinken
- ○ unerlaubt auf eine Party gehen
- ○ Schule schwänzen
- ○ Modetrends, die dir nicht gefallen
- ○ Lügen
- ○ beim Test schummeln
- ○ Lehrerstreiche
- ○ Schminken
- ○ Mutproben
- ○ Zuspätkommen
- ○ Mobbing

○ ....

○ ....

Ich bin nicht auf der Welt,
um so zu sein,
wie andere mich
gern hätten.

Wie geht es dir dabei?

- ○ Ich habe keine Probleme damit, wenn andere mir sagen, was ich machen soll.
- ○ Ich mache mit, fühle mich aber nicht wohl dabei.
- ○ Mich kann keiner dazu zwingen, etwas zu tun, was ich nicht will.

○ ....

Sei du selbst!

- Bilde dir deine eigene Meinung und lass dich nicht von anderen beeinflussen. Du wirst sehen, dass auch andere das bemerken werden!
- Lass dir Zeit, Entscheidungen zu treffen.
- Ratschläge und Erfahrungen von Freunden sind gut und richtig, aber du musst eigene machen.
- Hab keine Angst, NEIN zu sagen. Du bist du und dein Körper ist dein Körper.
- Was COOL ist, bestimmst du für dich – nicht andere.
- Mach nicht bei Trinkwettkämpfen oder „Flatratesaufen“ mit.
- Meide die Orte, an denen so etwas stattfindet und Leute, die daran „Spaß“ finden.
- Du musst deine Freunde nicht in die Pfanne hauen, aber mitmachen musst du nicht.

Egal, was andere sagen: Lass dich zu nichts überreden, was du nicht willst.

Unter den Menschen gibt es viel mehr Kopien als Originale.

Türschild-Statement

Kopiere die Seite, schneide sie aus, klebe sie zusammen mit deinem Foto auf eine Pappe und hänge sie als Schild an deine Zimmertür.

Dieser Mensch
ist gegen Regeln
allergisch!

Tipps zur Krisenbewältigung

Obwohl du viele Situationen inzwischen allein bewältigst, wirst du in Sachen Freizeitgestaltung und Geld ohne Verhandlungsgeschick bei deinen Eltern nicht weit kommen. Klar hast du Rechte, die du auch einfordern kannst, aber die Sorgen deiner Eltern sind nicht immer unbegründet und sie haften für dein eventuelles Fehlverhalten. Wie viel du darfst, hängt also nicht unbedingt davon ab, wie du dich selbst einschätzt oder was andere dürfen, sondern wie viel Vertrauen deine Eltern in dich setzen. Und das muss sich aufbauen.

Deine Eltern sollten dich aber auch nicht wie ein Hubschrauber umkreisen. Generelle Verbote und kaum Taschengeld helfen dir nicht, ein erwachsener und selbstständiger Mensch zu werden. Du darfst deine eigenen Erfahrungen machen. Dazu gehören auch mal schlechte, denn man macht einfach nie alles richtig im Leben. Allerdings musst du deine Sicherheit und die Sorgen der Eltern ernst nehmen. Oft hilft es, sich während des Weggehens zu einer verabredeten Zeit mit einer Nachricht zu melden: „Hey, Mama, ich bin o. k." Das gibt zu Hause einen Beruhigungs-Stoßseufzer. Manchmal hilft es auch, deine Eltern an ihre Jugend zu erinnern. Seltsamerweise vergessen Eltern öfter mal, dass sie als Teenager sicherlich auch Grenzen überschritten haben.

Beim Verhandeln des Taschengelds brauchst du gute Argumente und Verständnis für die finanzielle Lage deiner Eltern. Wenn dein Vater oder deine Mutter nicht mehr geben wollen oder können, bleibt dir nur übrig, selbst dein Taschengeld aufzubessern.

Und bei allem denk dran: Mit 18 Jahren kannst du machen, was du willst. Allerdings musst du dann auch für die Folgen selbst geradestehen.

Vertrauen ist wie ein Blatt Papier. Einmal zerknüllt, wird es nie wieder perfekt sein.

Oh Gott, seid ihr PEINLICH!

Wenn ELTERN sich NICHT BENEHMEN können

Es ist zum Verrücktwerden, dass Eltern einfach nicht verstehen, dass Teenager keine Kleinkinder sind, denen man laufend über den Kopf streichelt, für die man Klamotten aussucht und die Haare schneidet, deren Verdauung und Essgewohnheiten man mit anderen Eltern vor ihnen bespricht oder denen man mit einem Taschentuch voll Spucke übers Gesicht fährt, um Krümel abzuwischen.

Eltern aller Länder:

- Teenager sind keine Haustiere, die sich ungefragt kraulen lassen.
- Teenager haben nicht automatisch gute Laune, nur weil Eltern das wollen.
- Teenager entwickeln einen eigenen Geschmack, was Mode, Musik und das Leben allgemein angeht.
- Teenager haben einen eigenen Freundeskreis.
- Teenager suchen sich ihre Partner selbst aus.
- Teenager haben keine Lust, bei anderen Erwachsenen vorgeführt zu werden.
- Teenager haben eine Privatsphäre, die andere Familienmitglieder respektieren müssen.

Deshalb, liebe Teenager, setzt euch zur Wehr: Fordert ein, dass ab jetzt erst an die Zimmertür geklopft wird, bevor man eintritt, dass ihr Gedanken und Vorstellungen von der Welt haben dürft, die von denen der Eltern abweichen. Ihr habt eigene Freunde, und Eltern sollten sich vor ihnen nicht lächerlich machen.

Aber … habt auch Mitleid mit euren Eltern. Noch vor gar nicht langer Zeit waren die Eltern eure Helden, ihr Wort war Gesetz, ihr wolltet nie ohne sie sein und ihr konntet nicht genug vom Kuscheln mit ihnen kriegen. Es ist nicht leicht für Eltern, zu akzeptieren, dass diese Zeit vorbei ist, und ihr nun euren eigenen Weg geht.

Und deshalb …

… gehört es zu den Kernkomptenzen von Eltern, peinlich zu sein.

Einmal WEGBEAMEN, bitte!

Welche Situationen kennst du, in denen deine Eltern besonders peinlich waren? Kreuze an!

Wenn sie ...

- ○ ... ungefragt ins Zimmer kommen und du Besuch hast.
- ○ ... deine Freunde auf der Straße ansprechen.
- ○ ... dich in der Öffentlichkeit küssen.
- ○ ... Körperveränderungen an dir kommentieren.
- ○ ... vor Freunden deinen Kosenamen benutzen.
- ○ ... dir vergessene Schulsachen ins Klassenzimmer bringen.
- ○ ... lautstark mit dir angeben.
- ○ ... dich vor anderen kritisieren.
- ○ ... in der Öffentlichkeit unüberhörbar nach dir rufen.
- ○ ... mit anderen Erwachsenen über dich reden, als ob du nicht dabei bist.
- ○ ... vor deinem Schwarm mit dir reden.
- ○ ... deine Unterwäsche draußen auf die Leine zum Trocknen hängen.
- ○ ... dir beim Shoppen schreckliche Klamotten raussuchen.
- ○ ... laut mitsingen.
- ○ ... sich küssen.
- ○ ... ihr Schlafzimmer nicht abschließen.
- ○ ... sich entweder zu altmodisch oder zu jugendlich kleiden.
- ○ ... dich auf eine Party begleiten wollen.
- ○ ... dich von irgendwo mit großem Hallo abholen.
- ○ ... sich in deiner Anwesenheit irgendwo beschweren.
- ○ ... besonders cool sein wollen.

Peinlicher geht's nicht!

Schreibe das peinlichste Erlebnis mit deinen Eltern auf.

Eltern und Freunde

Wenn Eltern deine Freunde nicht mögen, ist das ein Riesenproblem. Eltern dürfen natürlich ihre Meinung über ein gewisses Verhalten von Personen aus deinem Freundeskreis kundtun, aber es ist unfair, wenn sie generell bestimmte Leute oder eine ganze Gruppe schlecht machen.

Der Vorwurf „Seitdem du XY kennst, hast du dich ganz schön verändert!" ist oft richtig ungerecht. Natürlich haben Freunde einen riesengroßen Einfluss auf dich und können tatsächlich Änderungen im Denken und Handeln hervorrufen, aber sie sind nicht im Alleingang verantwortlich dafür. Wenn Eltern das immer nur auf den „falschen Umgang" beschränken, wird dir die Fähigkeit abgesprochen, selbst für dein Handeln Sorge zu tragen.

Klar, wenn man durch neue Freunde anfängt, die Schule zu schwänzen oder zu klauen, dann haben Eltern sehr wohl das Recht darauf, den Umgang einzuschränken. Aber oft ärgern sich Eltern einfach nur, weil die Freunde anders aussehen, anders denken und anders handeln, als es sonst in deiner Familie üblich ist. In diesem Fall dürfen sie sich nicht wundern, wenn du dir ihre Kritik nicht zu Herzen nimmst. Du willst ernst genommen und wie ein Erwachsener behandelt werden. Du willst selbst entscheiden, welcher Rat der Eltern gut für dich ist und welcher nicht. Menschenkenntnis musst du selbst lernen, auch wenn du dabei manchmal auf die Nase fällst und Enttäuschungen erlebst.

„Menschenkenntnis ist das einzige Fach, in dem man ständig unterrichtet wird."

Alberto Moravia (1907-1990)

Der ist nicht gut für dich!

Noch schlimmer ist es, wenn Eltern deinen Freund oder deine Freundin nicht akzeptieren. Das kann eine junge Liebe kaputt machen, denn mit Einschränkungen oder gar Umgangsverboten klarzukommen, wenn man verliebt ist, ist echt schwer. Wenn sie nicht offen dafür sind, dass du kein Kind mehr bist, dass dein Vater oder deine Mutter nicht mehr die Nummer 1 sind und dein Herz jetzt vorrangig für einen anderen Menschen schlägt, wenn sie meinen, deine Liebe ist nicht gut für dich und du hast etwas „Besseres" verdient, wird es große Konflikte geben. Wichtig ist, dass sie dir weiterhin vertrauen können. Daher halte ein paar Regeln ein, wenn du verliebt bist:

- Versäume nicht die Schule und lass nicht in deinen Leistungen nach.
- Auch wenn du lieber Zeit mit deinem Freund oder deiner Freundin verbringen willst, hilf weiterhin im Haushalt mit.
- Beruhige sie, indem du ihnen hin und wieder ein bisschen über euch erzählst. Das müssen keine intimen Details sein, ein paar Sätze reichen.
- Wenn es ernster wird, stell ihn oder sie deinen Eltern vor – auch wenn es dir zuerst peinlich ist.
- Bleib abends nicht einfach länger oder ganz weg, sondern besprich längere Ausgehzeiten oder Ähnliches vorher mit den Eltern und halte sie ein.
- Wenn du mehr als nur Küssen möchtest, muss das deine Entscheidung sein und nicht auf Drängen deines Partners oder deiner Partnerin passieren. Denk an Verhütungsmittel und schütze dich vor Krankheiten. Besprich das im Ernstfall mit deinen Eltern, wenn das für dich okay ist.

Gibt es richtig schlimme Konflikte, dann versuche dich an eine andere Vertrauensperson zu wenden. Ein gemeinsames Gespräch mit ihr und deinen Eltern kann verhärtete Fronten aufbrechen.

Wenn du Liebeskummer hast, leiden die meisten Eltern mit. Ein ganz schlimmer Elternfehler ist der Spruch „Das habe ich dir doch gleich gesagt!" oder „Ach, der Nächste wartet schon auf dich". Selbst wenn dein Vater oder deine Mutter so denken, sollten sie diese Sätze runterschlucken. Richtig ist, wenn sie dich einfach nur in den Arm nehmen und du bei ihnen Schutz findest. Darum kannst du sie bitten.

Der große Unterschied

Vielleicht hast du das Glück und du hast jung gebliebene, tolerante Eltern, die auf dich eingehen und dir Verständnis entgegenbringen. Ihr habt eine gesunde Vertrauensbasis und verbringt Zeit zusammen, aber jeder hat seinen eigenen Bereich, seinen Freundeskreis, seine Interessen. Meistens versteht ihr euch gut, aber manchmal gibt's trotzdem Streit, weil das nun mal so ist in einer Familie.

Aus dem Ruder läuft eine Eltern-Kind-Beziehung, wenn Eltern „Freunde" sein wollen und nicht verstehen, dass genau die Trennung dieser beiden Bezugspersonen so wichtig für einen Teenager ist. Besonders Mütter wollen oft die beste Freundin der Tochter sein. Wenn das jedoch der Fall ist, verlassen sie den Bereich, für den sie gemacht sind und der ihnen zusteht. Freunde erzählen sich alles, wissen alles voneinander, sie stehen auf einer Ebene und haben die gleichen Hindernisse zu überwinden. Aber Jugendliche haben genug eigene Probleme und brauchen nicht noch die der Erwachsenen aufgeladen bekommen. Und auch nicht jeder Ärger der Teenager muss bei den Eltern abgeladen werden. Jeder braucht Freunde in seinem Alter. Wie peinlich ist es, wenn Eltern bei Treffen oder Partys ihrer Kinder dabei sein wollen oder wenn sie sich zu jugendlich kleiden, die gleiche Musik hören oder Jugendsprache benutzen und sie auch noch falsch verwenden?

Wenn dir deine Eltern zu sehr auf die Pelle rücken, dann mach ihnen klar, dass du sie und ihre Toleranz schätzt und du auch nichts gegen Gemeinsamkeiten und Vertraulichkeiten hast, aber dass jeder seinen Bereich hat. Du brauchst die Ablösung von deinen Eltern, um deinen eigenen Weg zu finden. Damit MÜSSEN Eltern klarkommen, auch wenn es schwerfällt oder wehtut.

Wenn jemand eine Schraube locker hat, kann es eventuell an der Mutter liegen.

Das Recht auf ...

Auf was müssen Eltern unbedingt Rücksicht nehmen?
Löse das Bilderrätsel.

_ _ _ _ _ _ _

1, ~~2, 3~~, 4, ~~5–7~~

_ _ _ _ _ _ _ _ _ _

~~1–7~~, 8, 9, ~~10~~

_ _ _ _ _

~~1~~, 2, 3, ~~4, 5~~

_ _ _ _ _ _

1, 2, ~~3–6~~

_ _ _ _ _ _ _ _ _ _

1, 2, ~~3–10~~

_ _ _ _ _ _ _ _

~~1~~, 2, ~~3–5~~, 6, ~~7–8~~

Auf deine ....

Die Lösung findest du am Ende des Buches.

Tipps zur Krisenbewältigung

Im Grunde sind Eltern in der Öffentlichkeit immer peinlich, egal, was sie tun oder nicht tun. Sie machen das nicht mit Absicht, jedenfalls meistens nicht. Das darfst du nicht vergessen. Deine Eltern haben einfach noch nicht kapiert, dass du anfängst, dich von ihnen zu lösen.

Entwickle für dich eine Strategie, wie du mit peinlichen Eltern-Situationen umgehst. Hier hast du ein paar Vorschläge, die sie ein bisschen leichter machen:

1. Abstand nehmen: Bevor du vor Wut platzt, entzieh dich der Situation und atme erst mal tief durch.
2. Wenn der erste Ärger verraucht ist, beginne ein ruhiges Gespräch mit deinen Eltern. Erkläre ihnen, wie sich ihr peinliches Verhalten für dich angefühlt hat. Vielleicht war das deinen Eltern gar nicht bewusst?
3. Appelliere an die Vernunft deiner Eltern und versuche dabei, nicht zornig zu argumentieren.
4. Führe das Gespräch nicht mit Vorwürfen. Das kennst du ja selbst, wenn deine Eltern die Diskussionen immer mit „DU hast schon wieder ...!" beginnen. Sätze, die mit ICH beginnen, hören sich nicht so nach Angriff an.
5. Zeig Verständnis, wenn deine Eltern etwas machen, was du peinlich findest. Sag ihnen, dass das ja lieb gemeint ist, du dir das aber anders wünschst.
6. Die eigene Teenagerzeit verliert man aus den Augen. Erinnere deine Eltern im Gespräch daran und frag sie, wie sie sich als Teenager in solch einer Situation gefühlt haben.

„In der Wut verliert der Mensch seine Intelligenz."

Dalai Lama

Das versteht ihr SOWIESO NICHT!

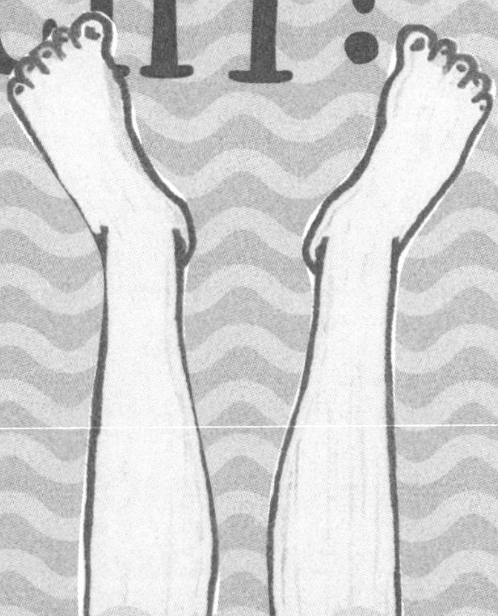

Eltern haben KEINE AHNUNG

Eltern sind nicht nur manchmal peinlich, sie haben auch keine Ahnung, was heute in ist. Klar, in ihrer Welt kennen sie sich wahrscheinlich aus. Aber wer mit Kassettenrekorder, CD-Player oder iPod groß geworden ist, kommt mit Streaming, Clouds und Social Media nicht mehr so gut klar. Eltern telefonieren noch! Und wenn sie die gleiche WhatsApp an mehrere Kontakte verschicken wollen, brauchen sie Hilfe beim Einrichten einer Gruppe. Auch beim Musikgeschmack gibt es große Differenzen. Diskomusik ist out und Heavy Metal eine Randgruppe. Was wissen Eltern schon von House, R&B, Dance, HipHop, Rap, Elektro und Goa? Wenn du Trackpants trägst, denken sie, du gehst zum Sport und deine Destroyed Jeans will Mutti nähen.

Eltern können von Glück sagen, dass sie in der heutigen Zeit nicht mehr zur Schule gehen müssen. Damals war das doch alles viel einfacher, oder? Sie wissen gar nicht, was für ein Stress Schule inzwischen ist. Und trotzdem wollen sie einem immer sagen, was man besser machen soll. Ständig kommt der Spruch: „Rede vernünftig mit mir!" Nur weil sie die Jugendsprache nicht verstehen. Und natürlich wollen sie dir auch vorschreiben, wie du deine Freizeit zu verbringen hast. Alles muss einen Sinn haben und erfolgreich sein. Einfach mal nix tun macht Eltern wahnsinnig und wird als Zeitverschwendung bezeichnet. Also bitte, liebe Eltern:

CHILLT MAL EURE BASE!

Zeit für mich!

Die Schule ist aus, Hausaufgaben sind gemacht, Gitarre ist geübt, das Zimmer ist aufgeräumt – endlich Freizeit! Aber es gibt Eltern, die ihrem Nachwuchs sogar vorschreiben wollen, was sie in der Freizeit machen sollen. Am besten etwas SINNVOLLES.

Wenn es dir auch so geht, halte deinen Eltern mal die Definition von FREIZEIT unter die Nase, die Wikipedia bereithält:

„Freizeit ist der Zeitraum außerhalb der Schulzeit oder Arbeitszeit, über den eine Person selbstbestimmt verfügen kann."

Das heißt ganz klar: Sind deine Pflichten erledigt, kannst du für einen gewissen Zeitraum tun, wozu du Lust hast. Deine Eltern müssen dir den Freiraum lassen, zu bestimmen, was du in diesen Momenten machst. Freizeit ist Erholung von der anstrengenden Schule und dem ganzen Stress. Pflichten und Freizeit müssen in einem angemessenen Verhältnis zueinander stehen.

Das bedeutet, dass du dir jeden Tag etwas Raum für die Dinge geben musst, die dir wichtig sind. Ob du in deiner Freizeit mit der Familie etwas unternimmst, dich mit Freunden triffst, Sport treibst, Bücher liest, deinen Hobbys nachgehst oder einfach auf dem Bett chillst, ist dir überlassen und sollte nicht ständig von Vater oder Mutter kommentiert werden.

„Was machst du in deiner Freizeit?"
„Nichts."
„Warte, ich helfe dir!"

Das Recht, sich LANGWEILEN zu dürfen

Deine Eltern macht es wahnsinnig, wenn du einfach mal NICHTS tust. Dabei könntest du doch Schularbeiten machen, im Haushalt mithelfen, das Zimmer aufräumen oder die Eltern fragen, wie ihr Tag war. Pustekuchen! Du willst das nicht und du musst das auch nicht! Denn einfach mal abhängen ist keine Langeweile und schon gar keine Faulheit. Teenager können einfach mal nichts tun. Auch wenn die Hausaufgaben noch nicht erledigt sind, ist es kein Problem, sich zu entspannen. Dass du trotzdem Ruhe findest, ist für deine Eltern überhaupt nicht nachvollziehbar. Es wurmt sie regelrecht, weil sie dich einfach manchmal nicht verstehen. Dabei musst du als junger Mensch mal abschalten, nichts tun, chillen, pausieren, abhängen, nachdenken, liegen, Musik hören, schlafen, fernsehen ... Währenddessen kommen dir Ideen und Lösungen in den Kopf, die dir ansonsten niemals einfallen würden.

Natürlich sollte das Chillen nicht deinen ganzen Nachmittag bestimmen. Bevor deine Eltern jedes Mal nerven, wenn du einfach auf dem Bett liegst, sprich mit ihnen ab, wann dir was gut tut.

- Bist du ein Sofort-Erlediger, dann arbeitest du erst deine Pflichten ab und hast danach viel Zeit zum Chillen.
- Bist du ein Erst-Abschalter, brauchst du nach der Schule erst mal eine Zeit lang Ruhe, um deine Akkus wieder aufzuladen. Sprich mit deinen Eltern: In dieser Zeit dürfen sie dich aber auch nicht nerven!

Chillen hat rein gar nichts mit Faulheit zu tun. Es ist ein friedlicher Protest gegen diese übertriebene Leistungsgesellschaft.

Chillmaterial

Was brauchst du, um richtig Chillen zu können?
Kreise ein oder ergänze etwas.

Wie siehst du schon wieder aus?

Auf diese Frage der Eltern kann man eigentlich nur antworten: „So, wie es mir gefällt!“ Und was genau gefällt dir? Kreuze an und schreibe auf.

Was ist dein Style?

- [x] locker
- [ ] fashion
- [ ] Hipster
- [x] gemischt
- [ ] sportlich
- [ ] rockig
- [ ] Hip-Hop
- [ ] elegant
- [ ] Pink + Glitzer
- [ ] gothic

Was bedeutet für dich Mode?

- [ ] alles
- [x] geht so
- [x] interessiert mich schon
- [ ] ist mir egal
- [ ] ohne geht's nicht

Du bist ein …

- [x] Schnäppchenfinder
- [ ] Schnell-Shopper
- [x] Nur-mal-so-Gucker
- [ ] Markenjunkie
- [x] Schlecht-Entscheider
- [ ] Viel-zu-viel-Käufer

Welcher Spruch spricht dich an?

- [ ] Marke muss sein.
- [ ] Lieber billig und viel.
- [ ] Öko und Fair Trade ist ein Muss.
- [ ] Geiz ist geil!
- [x] Besser wenig, dafür teuer.
- [x] Was mir gefällt, kommt in die Tüte.

Wie viel Geld gibst du oder geben deine Eltern für deine Klamotten im Monat aus?

....

In welchen Store gehst du am liebsten?

....

....

Wie findest du den STYLE deiner Familienmitglieder?

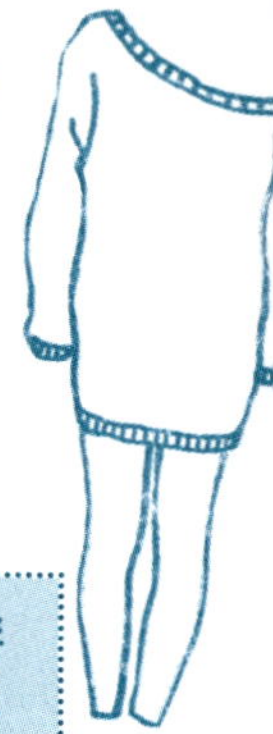

	altmodisch	bunt	busy	Hipster	Schlabber-look	langweilig	Tussi	übertrieben
Vater								
Mutter								

Modesünden

Deine Eltern schütteln oft den Kopf, wenn sie deine Klamotten sehen? Oder verbieten dir sogar, bestimmte Sachen anzuziehen? Eigentlich müssten sie genau wissen, wie sich das anfühlt, denn garantiert haben ihre Eltern damals auch über ihren Modegeschmack als Teenager gemeckert.

Erinnere sie an ein paar Highlights ihrer Jugend, die heute nur noch als Modesünden durchgehen. Am besten du googelst ein paar der genannten Begriffe, kramst in alten Fotos und konfrontierst deine Eltern damit.

Die 80iger (Pudellook, Aerobicstyle, Popper und Yuppies)

Bodys
Cowboystiefel
Dauerwelle (auch die Männer ...)
Enge Steghosen
Großer Kamm in der hinteren Hosentasche
Großer Plastikschmuck
Helle stonewashed-Jeans
Jogginganzüge aus Ballonseide
Karottenhosen (oben weit, unten eng)
Muskelshirts
Neonsocken in Pumps
Netzhemd
Oversize-Blazer in Knallfarben
Puffärmel
Radlerhosen
Schrille Leggins
Schulterpolster
Schweiß- und Stirnbänder
Umgekrempelte Sakkoärmel
Vokuhila-Männerfrisur (vorne kurz, hinten lang)
Weiße Tennissocken

Modesünden

Die 90iger (Strass, glänzend und viiiel Haut)

Baggy Pants in Metallic-Farben
Bauchfreie Tops
Blitzscheitel bei Frauen
Buffalos (sehr hohe Plateauschuhe)
Converse
Gegelte Igelfrisur bei Männern
G-Shock-Uhren
Halsbänder im Tattooeffekt
Hüfthose + sichtbare Tangas
Krassblauer Lidschatten
Krepplocken
Kreuze
Palästinenser-Tücher
Schlaghosen
Schnullerketten
Strass (auf allem und überall)
Tribals auf Klamotten
Zöpfe mit eingeflochtenen Perlen

Nichts ist sicher im Leben. Außer, dass die Mode von heute in 10 Jahren vollkommen bekloppt aussehen wird.

Tattoo und Piercing

Die wenigsten Eltern sind wahrscheinlich begeistert, wenn die Kinder sich ein Tattoo oder Piercing stechen lassen wollen. Dabei haben das viele Eltern in ihrer Jugend auch getan. Plötzlich fingen sie an, Gefallen an Tribals auf dem Arm zu finden oder an einem Arschgeweih. Jetzt, nach 15 bis 20 Jahren, hat sich der eigene Geschmack verändert und nicht Jede oder Jeder ist mehr glücklich über sein Tattoo. Das könnte dir auch passieren.

Wenn du heute deine Eltern fragst, ob du ein Tattoo oder ein Piercing haben darfst, wird also wahrscheinlich die eigene Erfahrung mit dem Thema und der veränderte Modegeschmack eine Rolle spielen. Tattoos und vor allem Piercings sind mit den Jahren viel ausgefallener geworden. Aber sie sind mehr akzeptiert, wenn auch in vielen Berufszweigen sichtbare Körperbemalung und -schmuck nicht unbedingt erwünscht ist.

Es gibt übrigens kein Gesetz, das Tattoos und Piercings unter 18 Jahren verbietet. Allerdings braucht man in guten und seriösen Studios eine Einwilligungserklärung der Eltern, wenn man noch nicht volljährig ist. Jugendliche unter 14 Jahren werden grundsätzlich nicht tätowiert. Liegt keine Einwilligungserklärung vor, stechen die meisten Tätowierer trotzdem nicht. Es kommt aber immer auf den Reifegrad des Jugendlichen und dessen Urteilsvermögen an. Das Studio muss sich sicher sein, dass der Jugendliche über alle Gefahren und Risiken aufgeklärt und sich der langfristigen Folgen seiner Entscheidung bewusst ist.

Wenn du unbedingt ein Tattoo oder Piercing willst, kläre das in Ruhe mit deinen Eltern. Überstürze nichts. Sprich mit ihnen über Motive und die entsprechenden Körperstellen. Vermeide erst einmal alle sichtbaren Stellen oder großen Piercingschmuck. Und lass dir auf keinen Fall einen Namen tätowieren – das bereust du garantiert.

Male ein Motiv, das du dir später mal
als Tattoo vorstellen kannst.

Musik an. WELT AUS.

Den Spruch werden selbst deine Eltern unterschreiben. Nur leider sind sie einfach eine andere Generation und teilen wahrscheinlich weder den Musikgeschmack noch die Lautstärke mit dir. Dabei war ihnen das in ihrer Jugend garantiert genauso wichtig wie dir jetzt.

Mit Musik definiert man seine Gefühlswelt, seinen Lebensstil, seine Ideale und Vorbilder. Und man kann sich damit ganz wunderbar von seinen Eltern und Geschwistern abgrenzen.

Klar kann es vorkommen, dass man diesbezüglich auch Überschneidungen hat. Klassische Musik zum Beispiel kann jeder mögen, auch Schlager oder Pop. Vielleicht trällert Mutti im Auto auch mal bei den aktuellen Charts mit, aber den Durchblick, was gerade in der Musikszene abgeht, haben die wenigsten Eltern. Aber da Musik Menschen verbindet, ist das auch eine ganz wunderbare Gelegenheit, Zeit miteinander zu verbringen:

Frag deine Eltern nach ihren fünf bis zehn Lieblingsliedern aus der Jugend. Wenn du Geschwister hast, dürfen sie ihre aktuellen Favoriten nennen. Und du natürlich auch. Dann trefft ihr euch und hört abwechselnd alle Songs an. Vielleicht musst du über die schräge Auswahl deiner Eltern lachen, über den Schmuseblues oder das Pogen. Vielleicht entdeckt ihr auch ganz neue Stilrichtungen für euch. Es kann sogar sein, dass unter den Lieblingsliedern deiner Eltern welche sind, die du als Coverversion kennst.

Meine Eltern hören gute Musik,
ob sie wollen oder nicht.

Familienmusik

Schlager, Klassik, Punk, Pop, Rap … Wer hört welche Musik in deiner Familie?

#Eltern haben keine Ahnung #Eltern machen alles nach #Eltern sind Stalker

Beim Thema Technik, Internet und Social Media gibt es immer wieder Probleme und Streit mit den Eltern. Es gibt drei Arten von Internet-Nerv-Eltern:

1. Die erste Art Eltern will, dass du was „Sinnvolles" in deiner Freizeit machst und hat Angst um deine Gesundheit (Augen, Nacken, Hirn). Manchen Erwachsenen ist echt schwer verständlich zu machen, dass im Chatten und Surfen ein tieferer Sinn besteht. Früher hat man mit Rauch- und Morsezeichen, Briefeschreiben oder Telefonieren kommuniziert, aber wer hat heute noch die Zeit dazu? Das Leben ist schneller geworden, und warum soll man nicht die technischen Möglichkeiten nutzen, um mit einer Freundin stundenlang zu chatten und nebenbei Schularbeiten zu machen? Wenn sich eine Gruppe verabreden will, startet man einen Gruppenchat. Früher musste man eine Telefonkette bilden oder sich vorab treffen und besprechen, wann das eigentliche Treffen stattfinden kann. Das ist doch total umständlich!

Allerdings haben Eltern nicht ganz unrecht, sollten sie meckern, wenn das gesamte Sozialverhalten nur im Chat stattfindet. Es ist nicht gelogen, dass Augenkrankheiten wie Kurzsichtigkeit und Haltungsschäden durch das Starren auf ein Display zugenommen haben. Und auch wenn du das ungern hörst: Wer unruhig wird, wenn er nicht „on" ist und ständig Angst hat, etwas zu verpassen, ist süchtig. Nimm das nicht auf die leichte Schulter. Überprüfe dich mal selbst: Wie lange kannst du auf dein Smartphone verzichten und was macht das mit dir? Deine Eltern kannst du ganz einfach durch smartphonelose Zeiten am Tag beruhigen.

2. Ganz schlimm: Die Stalker-Eltern! Ab einem bestimmten Alter und wenn Absprachen eingehalten werden, haben Eltern auf den Social-Media-Profilen der Kinder nichts mehr zu suchen. Das ist natürlich auch Vertrauenssache. Hasskommentare, freizügige Fotos, Kontakte mit fremden Personen und öffentliche Einladungen haben auf keinem Profil etwas zu suchen. Wer so agiert, ist dann wirklich zu unreif für das Netz und begibt sich in Gefahr. Wenn Eltern sich sicher sein können, dir zu vertrauen, müssen sie sich von deinen Profilen und denen deiner Freunde fernhalten. Wenn du Stalker-Eltern hast, die jeden Schritt von dir verfolgen, musst du mit ihnen reden. Wenn du weißt, wie du dich in der virtuellen Welt zu benehmen hast, dann mach ihnen das klar. Ein Kompromiss wäre, dass deine Eltern in regelmäßigen Abständen mit dir zusammen deine Profile anschauen können.

Also, liebe Eltern, es ist ja total schön, dass ihr auch Facebook, Instagram & Co. nutzt, aber bitte added EURE Freunde.

3. Es gibt Eltern, die keine Ahnung von Technik haben. Ständig rufen sie dich, weil sie die Leerzeichentaste auf ihrem Smartphone nicht finden, ein Katzenfoto nicht hochlädt oder den Dateianhang nicht speichern können, die Festplatte zerstört haben, weil sie sich einen Virus durch das Öffnen einer Mail mit unbekanntem Absender eingefangen haben, der ihnen einen Millionengewinn versprochen hat, oder eine Cloud mit der Wettervorhersage verwechseln.

Wenn du mehr Ahnung von Smartphone & Co. hast, sei stolz darauf. Und schön cool bleiben, auch wenn du deiner Mutter zum Hundertsten Mal erklären musst, dass „WTF“ nicht „Wow, toll, fantastisch“ heißt oder dein Vater mit dir stundenlang Videos gucken will, nachdem er YouTube entdeckt hat.

Kennst du den?

Eine Mutter ruft ihr Kind an: „Ich installiere gerade ein Windows-Update. Was soll ich drücken?" Das Kind: „Am besten beide Daumen."

Warum werfen Eltern ihren Computer ins Wasser? Damit sie im Internet surfen können.

Dein Vater am Computer ist wie U-Boot fahren. Geht ein Fenster auf, fangen die Probleme an.

Mutter: „Wird das Internet eigentlich leichter, wenn ich was runterlade?"

Mein Vater ist echt peinlich. Wir sitzen in der U-Bahn und er liest Zeitung. Wie ein Höhlenmensch.

Offensichtlich steht bei jedem elektronischen Gerät, das meine Eltern kaufen, in der Bedienungsanleitung: „Bei Problemen rufen Sie Ihr Kind!"

Mein Vater ist total stolz, weil er jetzt eine Leitungsfunktion hat. Er ist Admin seiner Kegelgruppe auf WhatsApp.

Meine Online-Welt

Beantworte die Fragen und denk danach mal ganz in Ruhe nach, wie dein Online-Verhalten ist.

Hast du ein/-en

- [x] Handy
- [ ] Smartphone
- [ ] Rechner
- [ ] Laptop
- [x] Tablet

Wie darfst du diese Geräte nutzen?

- [x] ohne Einschränkung
- [ ] nur mit Erlaubnis der Eltern
- [ ] mit zeitlicher Einschränkung
- [ ] mit Eltern oder Geschwistern teilen

Mit wie vielen Jahren durftest du ins Internet: 8

Mit wie vielen Jahren konntest du das Internet ohne Aufsicht nutzen: 8-9

Wann hast du dein erstes Smartphone bekommen: 7-8

Gibt es in deiner Klasse Mitschüler, die kein Smartphone haben?

- [ ] ja
- [x] nein

Hast du ein Handy/Smartphone mit [x] Vertrag oder einer [ ] Prepaidkarte?

Wer bezahlt das? Mama + Papa

Hast du dein Smartphone immer bei dir?

- [ ] ja
- [x] nein

Gibt es deshalb manchmal Stress mit Eltern oder Lehrern?

- [x] sehr viel
- [ ] manchmal
- [ ] selten
- [ ] nie

Wie oft schaust du auf dein Smartphone?

- [ ] alle paar Minuten
- [x] alle paar Stunden
- [x] nur, wenn es sich bemerkbar macht

Bist du in der Schule online?

○ ja, natürlich ○ seltener ⊗ nie

Darfst du dein Smartphone in der Schule nutzen?

○ ja ⊗ nein ○ manchmal

Wenn nicht, bist du dann trotzdem on?

○ ja klar ⊗ lieber nicht

Wo nutzt du es in der Schule? Garnicht ....

Wozu brauchst du es in der Schule:

○ Langeweile ○ Wichtige Nachrichten checken ○ Internetrecherche
○ Taschenrechner ○ Übersetzen ⊗ Verabredungen

Ordne die Nutzung deines Smartphones von 1 bis 12.
Dabei heißt 1 = wenig Nutzung, und 12 = viel Nutzung.

Telefonieren: 1
SMS: 8
WhatsApp: 5
Instagram: 11
Snapchat: 10
Facebook: 0
Mails: 0
Im Internet surfen: 3
GPS: 0
Musik: 2 - 12
Filme: 4
Anderes: 1

Bloggen und Vloggen

Vielleicht kannst du deine Eltern beeindrucken, wenn du von deinem Hobby oder einer besonderen Fähigkeit auf deinem Blog oder Vlog berichtest.

Finde einen ausgefallenen Namen für deinen Blog/Vlog mit dem Thema:

Jungs ....

Bücher ....

Elternstress ....

Familie ....

Film/Fernsehen ....

Girls only ....

Handarbeiten ....

Beauty und Ernährung ....

Kunst ....

Liebe ....

Mode ....

Musik ....

Politik ....

Promis ....

Sport ....

Tiere ....

On oder Off

Wie viele Stunden am Tag bist du insgesamt online?
Male die Stunden am äußeren Kreis aus.
Wann bist du auf jeden Fall immer erreichbar für News?
Male die Flächen der Uhrzeit aus.

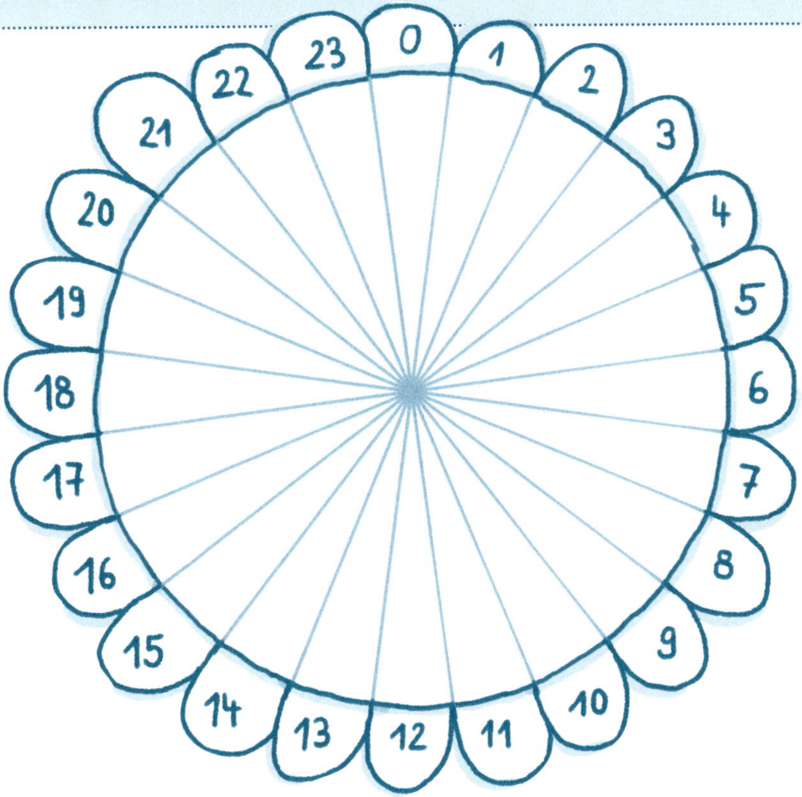

Vergleiche dein Ergebnis auch mit dem Handyverhalten deiner Freunde.
Wie schätzt du dich ein?

- ◯ Wenigsurfer
- ◯ total normal
- ◯ guter Durchschnitt
- ◯ ist schon heftig
- ◯ immer on

Entspann dich!

Hast du es schon mal mit Entspannungsübungen probiert, wenn du vor Wut platzen könntest, weil die Eltern so stressen? Wenn du deinen Ärger nicht rauslässt, ist das schlecht für deinen Körper und deine Seele. Probleme werden damit zwar nicht gelöst, aber immerhin bekommst du den Kopf wieder frei. Einen Versuch ist es wert, damit du runterkommst.

1. Hau raus!

- Geh irgendwo hin, wo dich keiner stört.
- Setz dich hin und denk an den Vorfall, der dich wütend gemacht hat.
- Spann dich an, ball die Hände zu Fäusten, zieh die Zehen an und sage alle Dinge, die du loswerden möchtest. Jetzt kannst du alles aus dir rausholen und auch Schimpfwörter benutzen. Dich hört ja keiner.
- Wenn du fertig bist und du die ganze Wut aus dir rausgelassen hast, entspann dich und schüttle Hände und Füße aus.

2. Hau ab!

- Geh auch hierfür irgendwo hin, wo dich keiner stört.
- Stell dich gerade hin, mit beiden Beinen fest auf dem Boden.
- Streck deinen rechten Arm nach oben. Stell dir vor, dein ganzer Stress fließt in diesen Arm.
- Lass ihn dann mit einem richtigen Stoßseufzer nach unten fallen und lass ihn ganz locker hängen.
- Wiederhole die Übung mit dem linken Arm.
- Als Letztes hebst du beide Arme und streckst dich weit nach oben.
- Und nun lässt du beide Arme zeitgleich nach unten fallen und entspanne auch deinen Oberkörper. Stell dir dabei vor, wie du den gesamten Stress aus deinen Händen zu Boden schleuderst.

Inhale Calmness. Exhale Stress.

Tipps zur Krisenbewältigung

Wenn deine Eltern deinen Mode- oder Musikstil, dein Chill-, Freizeit- und Social Media-Verhalten kritisieren, geht's ans Eingemachte. Das ist ein Angriff auf deine Persönlichkeit, denn genau die Dinge, über die deine Eltern meckern, machen dich aus. Aber wie bei vielen anderen Problemen auch ist das ein Generationsproblem, und sobald deine Eltern ihre Kritik einigermaßen fair formulieren und dabei nicht zu persönlich werden, ist es vollkommen normal. Die Frage ist immer, wie Kritik geäußert wird. Sind es Details im Kleidungsstil, ist es die Lautstärke der Musik, sind es bestimmte Interessen, die deine Eltern nicht nachvollziehen können, oder hast du das Gefühl, dein Vater oder deine Mutter findet dich als Person nicht gut? Das wäre echt traurig, denn Eltern sollten immer hinter ihren Kindern stehen. Auch wenn es Unterschiede in den Interessen gibt. Das ist wiederum eine Vertrauenssache, die Eltern lernen müssen.

Denk mal darüber nach, warum sie etwas auszusetzen haben. Oft macht sich deine Familie richtig Sorgen um dich, und die sind nicht immer unbegründet. Als Jugendlicher macht man manchmal Dinge, deren Folgen man nicht im Ganzen überblicken kann. Deine Eltern haben zwar viel Lebenserfahrung, dennoch sollten sie dich auf jeden Fall eigene Erfahrungen machen lassen. Dazu gehört eben, dass du deinen eigenen Geschmack entwickelst. Wenn der Minirock doch mal zu kurz ist, die Schminke zu dick aufgetragen, du viele Stunden in der virtuellen Welt hängst und die Musik zu laut ist, flipp nicht gleich aus, wenn das angemerkt wird. Eltern haben die Pflicht, auf dich aufzupassen. Versuch, nicht zu arrogant zu wirken, wenn du ihnen sagst, dass sie keine Ahnung von der heutigen Zeit haben. Verabrede bestimmte Zeiträume, in denen man die Musik mal voll aufdrehen und chillen kann. Zeig deinen Eltern Modeblogs, damit sie sehen, dass auch andere sich so anziehen wie du. Und vor allem: Erinnere sie an ihre eigene Jugend und frag nach Streitthemen, die sie mit ihren Eltern hatten. Das holt sie oft wieder runter.

**Schöne Meinung.
Gibt's die auch mit Ahnung?**

Ich bin nicht da, um PERFEKT zu sein.

Ich bin da, um DA zu sein.

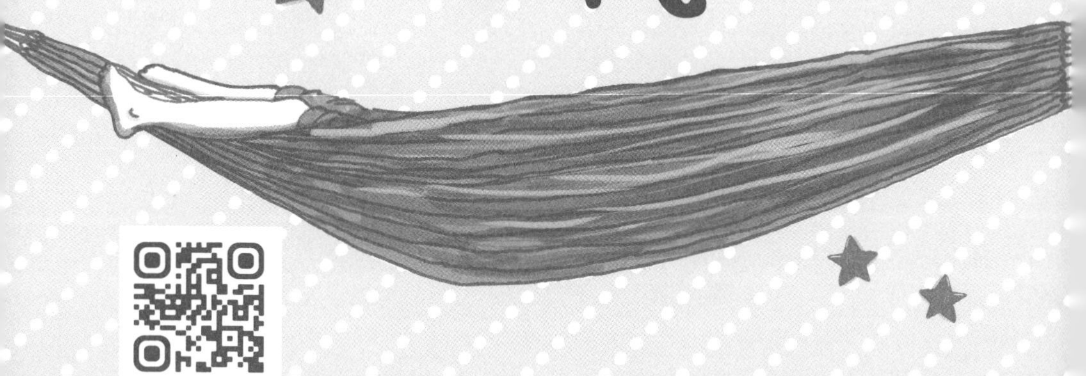

Wenn Eltern zu hohe Erwartungen haben

Eltern wollen nur das Beste für ihre Kinder, aber was genau ist das Beste? Diese Frage ist gar nicht so leicht zu beantworten. Jeder Mensch ist anders, und welche Eigenschaften, Fähigkeiten und Wünsche er hat, stellt sich erst mit der Zeit heraus. Vieles muss man ausprobieren, um zu merken, was man mag und was nicht. Viele wissen auch als Erwachsene nicht ganz, was sie genau vom Leben wollen. Als Kind ist man mutig und probiert alles aus. Schnell merkt man, was süß und sauer, was kalt oder heiß ist. Das sind Erfahrungen, die man selbst machen muss.

Es gibt die Sorte Eltern, die ihren Kindern schlechte Erfahrungen wie Schmerz und Misserfolg abnehmen wollen, die ihre Kinder immer umsorgen und sie nie allein lassen, damit ihnen nichts passiert. Dann gibt es Eltern, die ihren Kindern etwas gönnen wollen. Meist sind das Sachen, die sie in ihrer Kindheit und Jugend nicht haben durften. Ihre Wünsche übertragen sie dann auf ihre Kinder.

Und es gibt die Art Eltern, die meinen, dass sie genau wüssten, was für ihre Kinder gut ist. Sie glauben, nur weil es Tradition in der Familie ist, dass alle Jungs Medizin studieren, müsse das das eigene Kind auch tun – obwohl er viel lieber Erzieher werden will. Achtsame Eltern schauen ihr Kind an, sehen, welche Fähigkeiten es hat und lassen es einfach ausprobieren, wozu es Lust hat. Vater oder Mutter sollen fördern und auch fordern, aber nie überfordern. Fordern kann auch Druck bedeuten, damit man nicht beim ersten Stolperstein alles hinschmeißt.

Jugendliche brauchen Freiräume, in denen sie sich entwickeln und Erfahrungen machen können, und keinen Erwartungsdruck, der Angst macht und einengt.

„Warum musst du immer aus dem Rahmen fallen?“, fragt die Mutter.
„Warum hast du mich eingerahmt?“, fragt das Kind.

Ärger in der Schule

Eigentlich ist der Stress in der Schule schon genug: Wenig Schlaf, morgens früh raus, Unterricht, Lehrer, Schulkameraden, AGs, Hausaufgaben, Lernen – viel zu wenig Zeit für sich selbst –, und am nächsten Tag geht's wieder von vorn los.

Schule bedeutet nicht nur viele Stunden Lernen, sondern auch, sich in einer großen Gruppe mit anderen Jugendlichen zu behaupten. In manchen Klassen gibt es körperliche Gewalt, Zickenkriege oder sogar Mobbing. Das ist Stress pur, selbst wenn man nicht das direkte Opfer ist. Viele Schüler haben Probleme mit Lehrern und fühlen sich ungerecht behandelt oder haben sogar Angst vor ihnen. Da braucht man zu Hause Eltern, die einem zuhören und einen unterstützen.

Der Druck, erfolgreich zu sein, ist enorm, und nicht jeder Mensch kann damit gut umgehen. Die Angst zu versagen ist bei Jugendlichen der Stressfaktor Nummer eins. Wenn nun noch die Eltern zu großen Druck ausüben, dass man ja einen guten Schulabschluss schafft, ist das Elend perfekt. Klar ist Bildung wichtig, auch halbwegs gute Noten, damit man später in einem Beruf arbeiten kann, der einem gefällt. Und natürlich können Eltern erwarten, dass man für die Schule lernt. Sie dürfen auch mal stressen, wenn ein Test oder eine Prüfung ansteht, bis man endlich anfängt, zu lernen.

Aber oft sind die Erwartungen der Eltern viel zu hoch, weil ihre Kinder gar nicht das Zeug zu einem Einser-Schüler haben. Das muss auch gar nicht sein, weil jedes Kind Fähigkeiten hat, aber nicht jeder ein Musterschüler ist. Trotzdem wollen einige Eltern, dass aus ihrem Nachwuchs etwas „Besseres" wird. Und dann geht der Stress – nach der Schule – zu Hause weiter: noch mehr Lernen, Nachhilfe und Kontrolle. Besonders peinlich ist es, wenn die Eltern mit der Benotung der Lehrer nicht zufrieden sind und sich direkt bei ihnen beschweren. Toll, dann hat man auch noch beim Lehrer schlechte Karten.

Wir wollen doch nur dein Bestes!

Bestandsaufnahme

Was trifft auf dich in Bezug auf die Schule zu? Kreise die richtigen Begriffe ein.

Abschreibenlasser
Abschreiber
Anführer
Angsthase
Bestimmer
Chiller
Desinteressierter
Duckmäuser
Durchhänger
Ewig-zu-spät-Kommer
Gerechtigkeitsfanatiker
Immer-etwas-zu-sagen-Haber
In-der-ersten-Reihe-Sitzer
In-der-letzten-Reihe-Sitzer
Klassenclown
Klassensprecher
Lehrerliebling
Lehreropfer
Mauerblümchen

Mobbingopfer
Nie-abschreiben-Lasser
Nie-Melder
Nur-das-Nötigste-Macher
Ordentlicher
Organisierer
Panikschieber
Querulant
Rechthaber
Schlafmütze
Schnellausraster
Störfaktor
Streber
Stresseltern
Überforderter
Unterforderter
Witzbold
Zuerstmelder
Zusatzaufgabenlöser

Schule ist …

Vergib Sterne für deine Schule. Ein Stern bedeutet „katastrophal“ und fünf Sterne „bombastisch toll“. Zum Schluss schau dir die Bewertung an und vergib eine Gesamtnote.

Gesamtnote:

Ausstattung der Räume

Chillarea

Direktor/-in

Durchschnitt der Lehrer/-innen

Klassenzusammenhalt

Kursangebote

Lehrmaterialien

Lehrstoffvermittlung

Pausenhof

Pausenzeiten

Schulgebäude

Schulessen/Mensa

Schulweg

Technische Ausstattung

Toiletten

Treffpunkt mit Freunden

Unterhaltungswert

Lehrerzeugnis

Jetzt bist du dran: Vergib Noten für deine Lehrer und Lehrerinnen. Sei gerecht und fair.

Name	Fach	Note
....	....	....
....	....	....
....	....	....
....	....	....
....	....	....
....	....	....
....	....	....
....	....	....
....	....	....
....	....	....
....	....	....
....	....	....
....	....	....
....	....	....

Lehrer sind ...

Beantworte die Fragen.

Welche Eigenschaften muss ein guter Lehrer oder eine gute Lehrerin haben?

....

....

Was macht ein schlechter Lehrer oder eine schlechte Lehrerin falsch?

....

....

Ist es egal, ob du von einem Mann oder einer Frau unterrichtet wirst?

○ ja ○ nein

Wenn nicht, welche Unterschiede stellst du fest?

....

....

Kann man einen Lehrer oder eine Lehrerin mögen, aber das Unterrichtsfach nicht?

○ ja ○ nein

Kann man ein Unterrichtsfach mögen, aber den Lehrer oder die Lehrerin nicht?

○ ja ○ nein

Begründe die letzten Antworten:

....

....

Egal, ob du lernst oder nicht, ob du mitmachst oder nicht – dein Lehrer/deine Lehrerin mag dich nicht und lässt dich das bei jeder Gelegenheit spüren. Kennst du dieses Gefühl?

Gibt es eine solche Lehrkraft an deiner Schule, die dich unfair behandelt?

○ ja ○ nein ○ manchmal

Wie heißt er oder sie und wie äußert sich das?

....

....

....

Bist du der oder die Einzige, den bzw. die der Lehrer oder die Lehrerin so schlecht behandelt?

○ ja ○ nein

Ist der Lehrer oder die Lehrerin ansonsten beliebt an der Schule oder ist sein/ihr Ruf allgemein schlecht?

....

....

Wie reagieren deine Klassenkameraden darauf, wenn du gemobbt wirst?

○ Sie kriegen das gar nicht richtig mit.
○ Die machen noch mit.
○ Einzelne stehen mir offen bei.
○ Es ist ihnen egal.
○ Sie halten zu mir.
○ Viele trauen sich nicht, was zu sagen.

Wissen deine Eltern davon? ○ ja ○ nein

Wenn ja, wie reagieren sie darauf?

○ Das ist ihnen egal.
○ Sie halten zum Lehrer und geben mir die Schuld.
○ Sie stehen hinter mir.

MOBBING ist kein Kinderscherz – lass dich nicht kleinmachen!

„To mob" kommt aus dem Englischen und bedeutet ganz allgemein pöbeln oder belästigen. Heute steht der Begriff für Psychoterror gegen eine Person. Das können seelische oder körperliche Quälereien sein, die wiederholt von einer Person oder – noch feiger – einer Gruppe begangen werden. Opfer sind meist Menschen, die „anders" sind, fremd sind, sich anders kleiden, aussehen oder andere Interessen haben. In Zeiten des Internets geht es auch ganz schnell, dass ein ehemaliger Freund gemobbt wird.

Aber Vorsicht: Mobben ist kein Dissen. Hier geht es nicht um eine meist verbale Auseinandersetzung oder eine zeitweilige Ausgrenzung, sondern es geht um Gewalt, die körperliche oder seelische Schäden zur Folge hat. Wer gemobbt wird, sollte schnell reagieren, auch wenn das viel Mut verlangt:

- Informiere unbedingt deine Eltern, auch wenn es dir peinlich oder unangenehm ist. Mach ihnen klar, dass es sich hier nicht um einen normalen Streit handelt. Sie müssen dir in dieser Situation zur Seite stehen, denn allein schaffst du das nicht. Überlegt euch zusammen eine Strategie. Holt euch Hilfe von Fachkräften.
- Hast du keinen guten Draht zu deinen Eltern, rede mit einer anderen erwachsenen Vertrauensperson, z. B. einem Lehrer, Verwandten oder Nachbarn.
- Versuch Kontakt zu den Jugendlichen zu knüpfen, die nicht aktiv am Mobbing beteiligt sind. In einer Gruppe ist man stärker.
- Hast du niemanden, dem du dich anvertrauen kannst, dann wende dich telefonisch oder im Internet an Hilfsgruppen, z. B. das Kinder- und Jugendtelefon (116 111 vom Handy) oder hole dir Infos auf www.mobbing-schluss-damit.de. Hier kannst du deinen Fall schildern, auch anonym, wenn du das willst.
- Wenn du selbst kein Opfer bist, aber andere Mobbingfälle mitbekommst, dann zeig sie an. Du kannst die Taten auch anonym melden.
- Gibt es in deiner Klasse Mobbing, dann organisiert ein Anti-Mobbing-Training mit neutralen Fachkräften.

Vollstress

Stresssymptome zeigen sich nicht nur durch schlechte Laune, sondern auch in körperlichen und seelischen Beschwerden. Hast du bei dir schon mal solche Anzeichen festgestellt? Mache Kreuze in die entsprechende Spalte.

	nie	selten	regelmäßig
Bauchschmerzen	⊗	○	○
Rückenschmerzen	⊗	○	○
Aggressivität	○	⊗	⊗
Panikattacken	⊗	○	○
Erkältungssymptome	⊗	○	○
Kopfschmerzen	○	⊗	⊗
Übelkeit	⊗	○	○
Schwindel	⊗	○	○
Traurigkeit	⊗	○	○

My brain has too many tabs open.

Immer LERNEN!

Wenn du deine Eltern fragst, lernst du wahrscheinlich immer zu wenig, oder wie sieht das wirklich bei dir aus?

Wie oft lernst du für die Schule?

- ○ jeden Tag
- ⊗ vor einem Test
- ○ wenn ich Lust habe
- ⊗ eher selten
- ○ eigentlich nie

Für wen lernst du?

- ○ für die Lehrer
- ⊗ für meine Eltern
- ○ für mich
- ○ bla, bla – fürs Leben

Lernst du (von) allein?

- ⊗ ja
- ⊗ nein
- ○ nur mit Druck meiner Eltern
- ○ in einer Lerngruppe
- ⊗ mit Nachhilfe

Mein Lernlimit für diesen Monat ist aufgebraucht.
Für den Rest des Monats lerne ich mit reduzierter Geschwindigkeit.

Wo lernst du am besten?

- ○ am Schreibtisch
- ⊗ in der Küche
- ○ im Bett
- ⊗ auf dem Sofa
- ○ auf dem Teppich
- ○ in öffentlichen Verkehrsmitteln
- ○ in der Badewanne
- ○ auf dem Klo

Wann fängst du mit dem Lernen für einen Test an?

- ○ ab dem Tag der Vorankündigung jeden Tag ein bisschen
- ⊗ eine Woche vor dem Test
- ○ in der Nacht davor
- ○ am Morgen des Tests
- ○ gar nicht

Sind deine Eltern zufrieden, wie und wie oft du lernst?

- ⊗ ja
- ⊗ nie
- ○ meist sagen sie, ich muss mehr lernen
- ○ nur, wenn ich gute Noten nach Hause bringe
- ○ interessiert sie null

LERNSTRATEGIEN zur Eltern-und-sich-selbst-Beruhigung

Wenn du deinen Eltern hin und wieder erzählst, wie du dich für einen wichtigen Test vorbereitest, ist garantiert Ruhe mit dem Vorwurf „Musst du nicht lernen?“. Mit diesem 10-Punkte-Plan kriegst du System in dein Lernen und punktest gleichzeitig ungemein bei deinen Eltern.

1. Verschaff dir einen Überblick über den Lernstoff und erstelle einen Plan, wann du was lernen willst.
2. Fange mit dem Stoff an, der dir keine Probleme bereitet. Das gibt dir Selbstsicherheit.
3. Auch wenn es schwerfällt: Lerne lieber jeden Tag 30 Minuten, als am Abend vor dem Test Panik zu schieben.
4. Gönn dir genügend Pausen zwischen den verschiedenen Fächern beim Lernen, sonst kommst du durcheinander.
5. Mach deiner Familie und deinen Freunden klar, dass du in der Lernzeit nicht gestört werden willst.
6. Fertige dir Notizen vom Lernstoff an. Sachen, die man aufschreibt, bleiben besser in Erinnerung.
7. Sei kreativ: Häng dir z. B. Vokabeln oder Formeln an den Spiegel oder bastel ein Plakat und häng es dir übers Bett. Sprich das Gelernte als Memo aufs Handy und hör es dir abends noch mal an.
8. Fang an, das Gelernte vom Vortag zu wiederholen, bevor du Neues lernst.
9. Überlege, ob dir eine Lerngruppe hilft.
10. Sei stolz auf dich, wenn du gelernt hast, und hol dir auch ein Lob von deinen Eltern ab.

Die verfluchte Ablenkung

Schreibe in die leeren Blasen die Sachen, die dich vom Lernen ablenken und weswegen deine Eltern immer meckern.

Der Gallier, der immer alle vom Lernen abhält, heißt übrigens Netflix.

Pflicht oder freiwillig?

Eigentlich genügt der Stress, den die Lehrer in der Schule verbreiten, aber in manchen Familien geht's zu Hause genauso weiter.

Es sind nicht immer die Kinder, die sich Nachhilfe und Kurse aussuchen. Oft sind es Vater oder Mutter, die sich in den Kopf setzen, dass ihr Kind Geige spielt und Chinesisch lernt, in einer Sportart erfolgreich und außerdem Klassenbester und dazu noch handwerklich begabt ist. Denn dann, so meinen sie, hat es später mehr Chancen im Leben. Natürlich ist Sport ein wichtiger Ausgleich zum stundenlangen Sitzen, auch Fremdsprachenkenntnisse sind sinnvoll, um sich in der Welt zurechtzufinden. Das Lernen eines Instruments ist wunderbar und trainiert bestimmte Gehirnareale, und handwerkliche Fähigkeiten kann man sein ganzes Leben lang gebrauchen. Oft muss man aber erst ausprobieren, welche Fähigkeiten und Neigungen man überhaupt hat. Dann mahnen Eltern gern mehr Ausdauer an und man schleppt sich wochenlang zum Ballett, obwohl Kickboxen viel cooler wäre.

Richtig anstrengend wird es, wenn Eltern allein entscheiden, was ihr Kind nach der Schule machen soll und nicht auf die Wünsche ihres Kindes eingehen. Wenn jemand nicht sprachbegabt oder musikalisch ist, dann ist das Üben eine absolute Qual, macht Stress und demotiviert total. Außerdem ist es enorm wichtig, auch mal gar nichts vorzuhaben, nicht auf die Uhr schauen zu müssen, sich spontan verabreden zu können, keine Hetze oder keinen Druck zu verspüren.

Mach das deinen Eltern klar!

Die Pflicht ruft!
Sag ihr,
ich ruf zurück.

Nach der Schule

Welche Kurse, Vereine, Arbeitsgemeinschaften, Nachhilfe- oder Musikstunden besuchst du nach der Schule und wann? Wer hat sie ausgesucht und gewollt? Schreibe ein I für Ich und ein E für Eltern.

Kurs etc.	Wann/Wie oft	I/E
....	....	....
....	....	....
....	....	....
....	....	....
....	....	....
....	....	....
....	....	....
....	....	....
....	....	....
....	....	....
....	....	....
....	....	....
....	....	....

Schreibe auf diesen Zettel den Tagesablauf in der Woche, der für dich am stressigsten ist.

Mit Schulabschluss die KARRIERELEITER hoch

Deine Eltern sagen es dir sicher oft: „Für eine erfolgreiche Karriere brauchst du einen Schulabschluss.“ Diese Promis machen's dir vor:

Bianca Heinicke, YouTuberin	*1993	Abitur
Dagi Bee, YouTuberin	*1994	Fachabi
Pietro Lombardi, Sänger	*1992	Hauptschulabschluss
Helene Fischer, Sängerin	*1984	Fachoberschulreife
Yvonne Catterfeld, Sängerin und Schauspielerin	*1979	Abitur
Lena Gercke, Model und Moderatorin	*1988	Abitur
Cro, Rapper	*1990	Mittlere Reife
Dieter Bohlen, Musikproduzent	*1954	Abitur
Heidi Klum, Model	*1973	Abitur
Kool Savas, Rapper	*1975	Hauptschulabschluss
Sarah Lombardi, Sängerin	*1992	Realschulabschluss
Luke Mockridge, Comedian	*1989	Abitur
Elyas M'Barek, Schauspieler	*1982	Abitur
Riccardo Simonetti, Mode- und Lifestyleblogger	*1993	Abitur

Die haben es auch OHNE ABSCHLUSS geschafft

Alles ist möglich, wenn man ein Ziel hat. Aber einen Plan B zu haben, wenn der Traum vom Rampenlicht nicht gelingt, ist trotzdem nicht so schlecht.

Kay One, Rapper	*1984	Schulabbruch
Mandy Capristo, Sängerin	*1990	brach die Realschule ab
Miley Cyrus, Sängerin und Schauspielerin	*1992	ohne Schulabschluss
Capital Bra, Rapper	*1994	hat die 9. Klasse abgebrochen
Johnny Depp, Schauspieler	*1963	brach die Highschool mit 15 Jahren ab
Daniel Radcliffe, Schauspieler	*1989	hatte nie Zeit für den Schulabschluss
Gisele Bündchen, Model	*1980	die Modelkarriere war ihr wichtiger
Karl Lagerfeld, Modedesigner	*1933	auch der Maestro hat keinen Abschluss
Nena, Sängerin	*1960	verließ das Gymnasium vor dem Abitur
Amancio Ortega, Gründer der Modekette Zara	*1936	schmiss mit 14 die Schule, um Laufbursche in einem Hemdenladen zu werden

So wie ihr will ich nicht werden

Schreibe Eigenschaften in die Weltkugel,
die deine Eltern beschreiben.

Wie unterscheidet sich die Elternwelt von der, wie du sie dir für deine Zukunft wünschst? Schreibe Eigenschaften in die Welt, in der du leben willst.

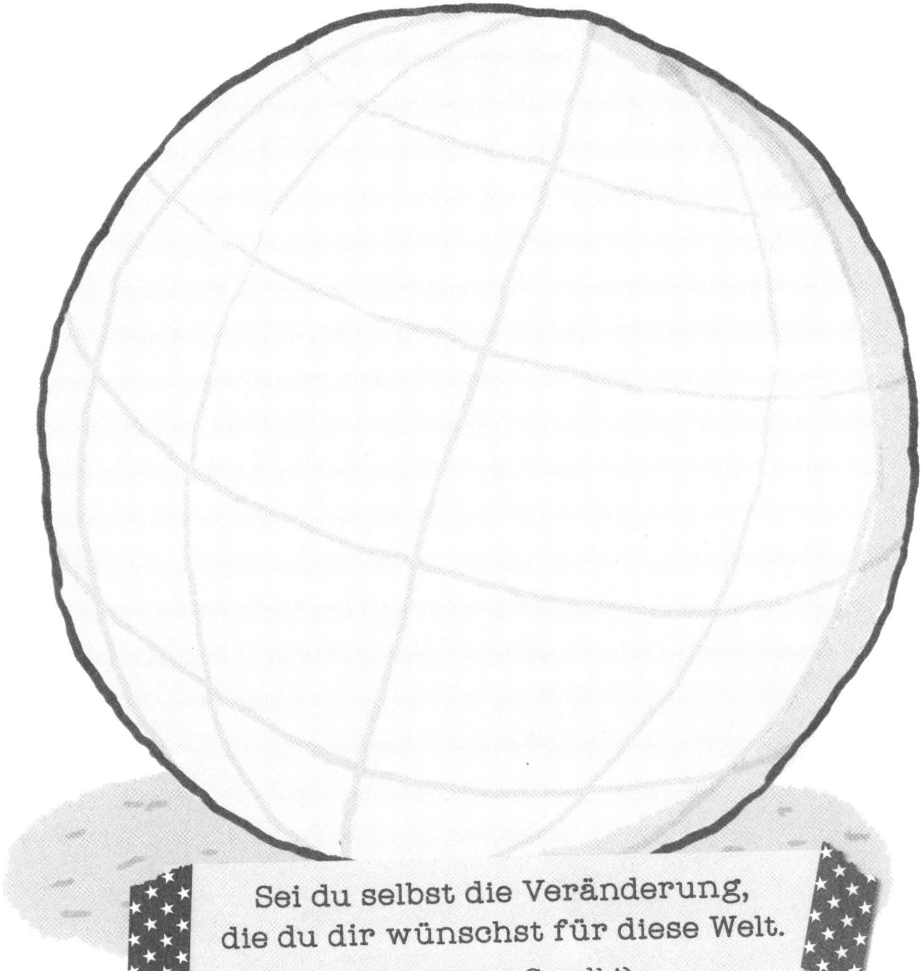

Schreib die Unterschiede zwischen deinen Eltern und dir genauer auf. Was willst du anders machen, wenn du erwachsen bist? Gibt es auch Gemeinsamkeiten in euren Vorstellungen?

Was überwiegt? GEMEINSAMKEITEN oder UNTERSCHIEDE?

....

....

....

	Mutter	Vater	Du
Wohnverhältnisse (z. B. Wohnung, Haus, Villa, Stadt, Dorf, Wald, WG)	○	○	○
Familie (z. B. Ehe, Partnerschaft, Single, Kinder)	○	○	○
Musikstil	○	○	○
Lieblingsessen	○	○	○
Lieblingsfernsehsendung	○	○	○
Art des Urlaubs (z. B. Hotel, Flug, Auto, Bahn, Camping, Wandern, Trampen, Strand, Städtetrip)	○	○	○
Schulausbildung	○	○	○
Beruf	○	○	○
Lebensmotto	○	○	○

Schreibe die Urlaubsziele auf die Gepäckstücke, die du bereisen möchtest, wenn du erwachsen bist. Wohin würdest du deine Eltern mitnehmen? Mache dort ein Kreuz.

Tipps zur Krisenbewältigung

Eltern meinen es gut. Manchmal zu gut. Wenn du merkst, dass es dir ständig schlecht geht, musst du die Reißleine ziehen und mit deinen Eltern reden. Am besten, wenn du nicht total wütend bist und gute Argumente gesammelt hast. Zu viel und lang anhaltender Schulstress führt ganz klar zu gesundheitlichen Problemen wie Kopfschmerzen, Schlafproblemen, Rücken- oder Bauchschmerzen und Schwindel. Spätestens dann müssen deine Eltern und du mehrere Gänge runterschalten und mehr Ruhepausen für dich einplanen. Schreib dich nicht in zig Kurse und Vereine ein, sondern buche Schnupperstunden und probiere aus, was dir gefällt. Manchmal merkt man erst nach drei oder vier Stunden, dass das Instrument oder die Sportart doch nicht so genial ist, wie man dachte. Hast du dich allerdings für etwas entschieden, solltest du Disziplin und Ausdauer zeigen und es auch ertragen, wenn dich deine Eltern daran erinnern.

Bevor du vor Angst nicht mehr zur Schule gehen kannst, rede unbedingt mit deinen Eltern und dem Vertrauenslehrer/der Vertrauenslehrerin darüber. Auch deine Klassenkameraden können dir helfen, wenn ein Lehrer/eine Lehrerin dich regelmäßig ungerecht behandelt oder du gemobbt wirst. Zur Not wende dich an Kinder- und Jugend-Beratungsstellen. Ein paar Adressen findest du ganz vorn im Buch. Ansonsten gibt es viele Angebote in deiner Region, die du online finden kannst.

Unterscheiden sich deine Lebensvorstellungen und Werte sehr von denen deiner Eltern, suche das Gespräch. So kannst du wenigstens versuchen, ihnen deine Welt verständlich zu machen. Nehmen sie dich nicht ernst oder stehen sie deinen Gedanken sogar ablehnend gegenüber, kann es schwierig für dich werden. In diesem Fall probiere dich soweit anzupassen, ohne aber deine Persönlichkeit gänzlich zu verleugnen und rede mit einer Vertrauensperson – vielleicht kann sie helfen, zu vermitteln.

Auf der nächsten Seite stehen ein paar Anti-Stress-Tipps für die ganze Familie. Denn nur, wenn Eltern und Kinder versuchen, gemeinsam gegen zu viel Stress vorzugehen und gemeinsam an einem Strang ziehen, wird der Druck weniger.

**Ich funktioniere nur unter Druck.
Kann mich mal jemand ganz doll drücken?**

Anti-STRESS-Strategien für die ganze Familie

- Kein Mensch ist perfekt und Perfektionismus sollte nicht das Maß aller Dinge sein. Jeder hat Stärken und Schwächen, zu denen er stehen muss.
- Stress am Morgen bringt Kummer und Sorgen. Wer morgens bis zum letzten Augenblick im Bett bleiben möchte, muss am Vorabend die Brote schmieren und die Schultasche packen.
- Eltern sind Hausaufgabenratgeber, keine Lösungsvorsager. Nicht alle Eltern können außerdem beim Oberstufenlernstoff noch helfen. Bilde also besser Lerngruppen, suche dir selbst eine kompetente und nette Nachhilfe und benutze die Eltern zum Vokabeln abfragen. Hast du das Gefühl, viel zu viel Zeit mit Hausarbeiten zu verbringen, frag deine Mitschüler, wie lange sie dafür brauchen. Geht es vielen so, dass die Hausaufgaben nur noch puren Stress bedeuten, hilft es auch, wenn Eltern das Problem an einem Elternabend ansprechen.
- Eltern dürfen vor Tests oder Prüfungen keinen zusätzlichen Druck aufbauen. Du brauchst Aufmunterungen, Umarmungen und auch Trost. Sie dürfen aber ermahnen, wenn du gar nicht anfängst zu lernen. Lernen und Vorbereitetsein geben dir beim Test Sicherheit. Wenn du es dann trotzdem vergeigst, ist es Pech, das passiert eben mal. Hast du nicht gelernt, bist du selber schuld.
- In Stressphasen braucht jeder Mensch Entspannung. Gönn dir was Gutes zwischendurch. Gemeinsam mit der Familie am Tisch sitzen und eine gesunde und leckere Mahlzeit zu sich nehmen, hilft stressige Zeiten zu überstehen. Man fühlt sich nicht allein mit dem Stresspaket, wenn man als Familie zusammen ist.
- Und jetzt kommt das Wundermittel gegen Stress: Bewegung an der frischen Luft. Wenn du ansonsten auch ein Stubenhocker und Couchpotato bist: Raucht dir der Kopf, weil du nicht mehr weiter weißt und deine Rübe leer ist, dann hilft Sauerstoff. Bücher zu, Jacke an, schnapp dir einen Elternteil oder Bruder bzw. Schwester, wenn du nicht alleine losziehen möchtest, und lauf einmal um den Block. Und weiter kann's mit dem Lernen gehen.

NOBODY is perfect – AUCH ELTERN sind es nicht

Wie man Verständnis zeigt und dabei seine Eltern ERZIEHT

Wenn man mal ganz ehrlich ist: Eltern haben es auch nicht immer leicht. Klar, sie haben sich ihr Leben selbst ausgesucht und Kinder wollten sie ja. Aber eine Ausbildung zu Mutter oder Vater gibt es nicht. Das ganze Wissen der Eltern beruht also auf:

1. Liebe
2. Lebenserfahrung
3. Fachbüchern über Kindererziehung
4. Abgucken bei Freunden und Familienangehörigen

Eltern können es so gut meinen, wie sie wollen: In der Pubertät haben Mutter oder Vater und Kinder ganz andere Interessen und Ziele. Wenn man nicht ständig Verbote und andere Konsequenzen vorgesetzt bekommen will, sollte man Eltern hin und wieder ein Friedensangebot unterbreiten, ein paar Provokationen unterlassen, Nervsätze streichen, die sie garantiert zur Weißglut treiben, und vor allem beim gemeinsamen Essen auch mal was von sich erzählen. Auf Unterhaltungen fahren Eltern total ab.

Man muss sich als Jugendlicher nicht verbiegen, aber mit ein paar Tricks ist mehr Ruhe und weniger Streit im Haus. Im Grunde machen sich Eltern nur Sorgen und wollen das Beste für dich. Sie wollen ihren Nachwuchs glücklich sehen. Dass in ihrem Kümmern viel Nervpotenzial liegt, merken sie nicht. Vergessen sollte man als Kind allerdings nicht, dass Eltern auch viel für einen machen: Klamotten kaufen, Rumfahren, Essen kochen, in der Schule bei Problemen raushauen, trösten, verarzten, Taschengeld zahlen, Geschenke machen, putzen …

Eltern brauchen nicht viel Futter: Ein paar nette Worte, eine Umarmung und ein wenig Interesse an ihrer Person. Wenn man das als Jugendlicher hin und wieder gibt, geht's allen besser.

Respektiere deine Eltern. Sie bezahlen dein Internet.

Das Eltern-ABC

Schreib zu jedem Buchstaben einen Begriff, der deine Mutter oder deinen Vater beschreibt.

A ntistrcuser ....

B este ....

C ....

D ....

E ....

F ....

G ....

H ....

I ....

J ....

K ....

L ....

M ....

N ....

O ....

P ....

Q ....

R ....

S ....

T ....

U ....

V ....

W ....

X ....

Y ....

Z ....

Wenn ich mal Kinder habe …

… was willst du dann anders machen als deine Eltern? Oder was haben deine Eltern richtig gemacht und du willst das mit deinen Kindern genauso angehen?

Sätze und Fragen, die Eltern guttun

Wie geht's dir denn heute?
Kann ich dir helfen?
Entschuldigung!
Das habe ich nicht so gemeint.
Ich habe euch lieb.
Das schmeckt aber gut.
Kannst du mir mal helfen?
Hast du Zeit für mich? Ich will dir was erzählen.
Ich bin froh, dass ich euch habe.
Wir sind eine tolle Familie.
Wie war das in deiner Kindheit?
Ich kann deine Sorge ja verstehen, aber vertrau mir.
Wenn ich euch nicht hätte ...
Brauchst du was?
Kann ich was mitbringen?
Danke, dass du mir vertraust.

Was sagst du zu deinen Eltern, wenn du ihnen was Gutes tun willst?

1. ....

....

2. ....

....

3. ....

....

Manchmal ist weniger mehr

Welcher Spruch tut Eltern gut? Setze für die Zahlen die entsprechenden Buchstaben aus dem Alphabet ein. Ä, Ö und Ü sind dabei der 27., 28. und 29. Buchstabe.

9 8 18   13 29 19 19 20   11 5 9 14 5

19 21 16 5 18 5 12 20 5 18 14   19 5 9 14,

21 13   1 12 19   5 12 20 5 18 14

19 21 16 5 18   26 21   19 5 9 14.

Die Lösung findest du am Ende des Buches.

Elternsein ist ein Job ohne Ausbildung und Studium.
Kreise die Kurse ein, die deine Eltern unbedingt besuchen sollten, und schreibe fehlende dazu!

Wie man alle Kinder in der Familie gleich behandelt!

Wie Eltern den Partner ihrer Tochter akzeptieren lernen

NACHHILFE

Eltern müssen dann Zeit haben, wenn ihre Kinder sie brauchen!

Habt mehr Vertrauen zu euren Kindern!

Eltern, seid nicht immer peinlich!

FÜR ELTERN
Warum Mädchen anders ticken als Jungs
Warum Kinder nicht immer reden wollen
Mädchen werden nicht gleich schwanger, wenn sie kurze Röcke tragen!

Als die Eltern JUNG waren

Die Jugend deiner Eltern ist zwar schon ewig her und heute ist alles anders, aber manchmal hilft es, seine „Alten“ zu verstehen, wenn man mehr über sie weiß.

Du brauchst kein Interesse zu heucheln, aber wenn man begreifen will, warum Eltern so ticken, wie sie es tun, hilft ein wenig Hintergrundwissen. Vielleicht kennst du schon ein paar Antworten, dann kannst du sie gleich hinschreiben. Ansonsten hast du ein gutes Gesprächsthema beim Essen und musst weniger von dir erzählen. Zwei Fliegen mit einer Klappe sozusagen.

Jugendzeit von	Mutter	Vater
Spitzname		
Lieblingsbeschäftigung damals		
Beste/r Freund/in		
Lieblingsfach		
Hassfach		
Lieblingsband/-interpret		

Jugendzeit von	Mutter	Vater
Film, den man am häufigsten gesehen hat		
Lieblingsfarbe		
Elternteil, mit dem man sich besser verstanden hat		
Streitpunkte mit den Eltern		
Lieblingsessen und -getränke		
Treffpunkt mit Freunden		
Berufswunsch als Teenager		
Schulabschluss		
Berufsausbildung/ Studium		
Wann zu Hause ausgezogen?		

Jugendzeit von	Mutter	Vater
Kuss		
Menstruation		
Rasur		
Freund/Freundin		
Kino		
Handy		
Auf einer Party		
Auto		
Schallplatte/CD		
Was geklaut		
Schule geschwänzt		
Auslandsreisen		

Hier ein paar ganz allgemeine Fragen, die du deinen Eltern bei Gelegenheit mal stellen könntest:

Wann und wie habt ihr euch kennengelernt?
Was haben eure Eltern zu eurer Beziehung gesagt?
Wie hätte ich geheißen, wenn ich ein Junge/Mädchen geworden wäre?
Bist du zufrieden mit deinem Job?

Elternwitze

Eltern sind aber auch nie mit einem zufrieden!
Macht man zu viel Lärm, meckern sie, man soll still sein.
Ist man dann still, wollen sie gleich wissen, ob man noch lebt.

Seit Jahrzehnten erklären alle Eltern ihren Kindern: „Esst eure Teller leer, dann gibt's schönes Wetter!"
Und was haben wir davon?
Übergewichtige Kinder und Klimaerwärmung!

Kevin geht zur Krippe, nimmt das Jesuskind aus dem Stroh und sagt zu ihm: „So, und wenn ich diese Weihnachten keine Playstation kriege, dann siehst du deine Eltern nie wieder!"

Ein Wolfshund und ein Ameisenbär begegnen sich. Fragt der Ameisenbär: „Was bist du denn für ein Tier?"
„Ich bin ein Wolfshund. Mein Vater ist ein Wolf und meine Mutter ist ein Hund. Und du?"
„Ich bin ein Ameisenbär."
„Ach komm, das glaubst du doch selbst nicht!"

Erst bringen einem die Eltern als Kleinkind bei, dass man die Hände von Putzmitteln lassen soll, und dann beschweren sie sich, wenn man das Verbot als Teenager befolgt.

Das Familien-WUNSCHGLAS

Die Geschmäcker sind verschieden, in einer großen Familie erst recht. Der eine mag Schnitzel, der andere Salat und der dritte wiederum Pfannkuchen. Um allen Geschmacksrichtungen gerecht zu werden, hilft das Familienwunschglas, das besonders am Wochenende oder an Feiertagen zum Zuge kommt, wenn alle beim Kochen mithelfen können:

Jeder darf seine Lieblingsgerichte auf kleine Zettel schreiben. Diese werden dann gefaltet oder zusammengerollt und mit einem Bändchen verbunden in ein Glas gelegt und durchgemischt. Plant man nun ein schönes Familienessen, darf ins Glas gegriffen werden. Das Gericht wird dann – im besten Fall – von allen Familienmitgliedern vorbereitet und gekocht. Beim nächsten Mal ist jemand anderes mit Ziehen dran.

Alternativ kann das Familienwunschglas auch für gemeinsame Freizeitunternehmungen genutzt werden. Um Enttäuschungen vorzubeugen, sollten keine unerfüllbaren Wünsche aufgeschrieben werden.

Gesprächsthemen

Worüber kannst du mit deiner Mutter oder deinem Vater richtig gut reden und welche Themen vermeidest du lieber? Schreib in die entsprechende Spalte M (Mutter), V (Vater) oder E (Eltern).

E	Architektur	–
V	Autos	M
	Essen	
	Familie	
	Film	
	Freizeit	
	Freunde	
	Gesundheit	
	Handarbeiten	
	Handwerk	
	Kunst	
	Kosmetik	
	Liebeskummer	
	Bücher	
	Mode	
	Musik	
	Nachbarn	
	Natur	
	Reisen	
	Schule	
	Social Media	
	Sport	
	Technik	
	Tiere	
	Umwelt	

Strafe muss sein?!

Markiere die Strafen, die dir deine Eltern schon mal verpasst haben, und mach einen Haken an die, die du selbst bei deinen Kindern anwenden würdest. Fallen dir selbst noch ein paar ein?

- Totales Schweigen
- Taschengeldkürzung
- Stubenarrest
- Schläge
- Handy wegnehmen
- Putzen
- Liebesentzug
- Ohne Essen ins Bett
- Fernsehverbot
- WLAN-Passwort ändern
- Keine Hilfe bei den Hausaufgaben
- Verabredungs verbot
- ……………………………………

Ich hasse es, wenn mein Kind sich nicht benimmt und es zur Strafe abends keine Pizza gibt.

Sorry!

Eltern legen großen Wert darauf, dass sich ihre Kinder entschuldigen, wenn sie etwas Unrechtes oder Unüberlegtes getan haben. Manchmal fällt es einem nicht so leicht, über den eigenen Schatten zu springen und „Sorry!" zu sagen.

Kein Mensch muss sich beim Entschuldigen in den Staub werfen. Ganz wichtig ist es, dass Eltern sich aber auch bei ihrem Nachwuchs entschuldigen, wenn sie einen Fehler gemacht haben. Eltern denken oft, man würde sie nicht mehr ernst nehmen, wenn sie sich entschuldigen. Blödsinn! Wie sollen Kinder denn sonst lernen, dass man für seine Fehler einstehen muss, wenn es Vater oder Mutter nicht vorleben? Natürlich haben Kinder Verständnis dafür, wenn die Eltern nach einem Streit zu ihnen kommen und sagen: „Sorry, das ist blöd gelaufen. Ich hatte einen schlechten Tag". Eltern sind halt auch nur Menschen und machen Fehler. Sie müssen nur genau wie ihre Kinder dafür geradestehen.

Für welche Fehler hast du dich bei deinen Eltern entschuldigt?

1. ....

2. ....

3. ....

Und für welche Dinge haben sich deine Eltern bei dir entschuldigt?

1. ....

2. ....

3. ....

Um Entschuldigung bitten zu können, zeugt von charakterlicher Größe und Stärke.

10 Tipps für die richtige ENTSCHULDIGUNG

Das gilt für alle Menschen auf der Welt, nicht nur für Jugendliche:

1. Den richtigen Moment abzupassen ist wichtig. Meist kann man sich sofort entschuldigen, manchmal sollte man einen Streit eine Weile ruhen lassen und dann auf den anderen zugehen.
2. Zwischen Tür und Angel eine Entschuldigung in den Raum zu werfen, wirkt nicht sehr überzeugend. Man sollte sich schon etwas Zeit dafür nehmen.
3. Immer persönlich entschuldigen und keinen Dritten vorschicken.
4. Die schriftliche Variante per WhatsApp o. Ä. nur wählen, wenn die Person weiter weg ist oder nicht mehr mit einem spricht. Besser ist mündlich von Angesicht zu Angesicht, weil die Emotionen dann sichtbar sind.
5. Eine Rundum-Entschuldigung ist nie sinnvoll. Besser ist immer, den konkreten Anlass anzusprechen, bei dem man sich nicht richtig verhalten hat.
6. Nur eine aufrichtige Entschuldigung wirkt überzeugend. Witze machen ist jetzt fehl am Platz.
7. Ausreden für das Fehlverhalten oder anderen die (Mit-)Schuld zu geben kommt nicht gut an und gibt Zündstoff für neuen Streit.
8. Wenn der Einstieg schwerfällt, ist eine Umarmung, eine Blume, ein selbst gebackener Kuchen oder ein gedeckter Abendbrottisch ein guter Türöffner.
9. Manchmal braucht das Gegenüber Zeit, die Entschuldigung anzunehmen. Das muss man akzeptieren.
10. Begeht man mehrmals den gleichen Fehler, verliert man an Glaubwürdigkeit und eine Entschuldigung anzunehmen, fällt immer schwerer.

Ganz im Ernst

Streitereien und Probleme gibt es in jeder Familie und werden meist auch dort gelöst. Leider gibt es aber auch Familien, in denen Eltern aus verschiedenen Gründen überfordert sind und die dringend Hilfe von außen benötigen. Hier sind ein paar Fakten für dich, die deine Rechte als Kind erklären:

Das Erziehungsrecht und auch die Erziehungspflicht sind in Deutschland im Grundgesetz festgeschrieben. Dort steht in Artikel 6: „Pflege und Erziehung der Kinder sind das natürliche Recht der Eltern und die zuvörderst ihnen obliegende Pflicht. Über ihre Betätigung wacht die staatliche Gemeinschaft."

Das bedeutet zunächst, dass Eltern über das Wohl ihrer Kinder bestimmen können. Aber sie dürfen nicht mit ihren Kindern machen, was sie wollen. Im Grundgesetz steht nämlich auch, dass ein Kind ein Schutzbedürfnis und eine eigene Menschenwürde hat und ihm ein Recht auf Entfaltung zusteht.

Eltern, die der Erziehungspflicht nicht nachkommen, die ihre Kinder verwahrlosen lassen, sie nicht zur Schule schicken oder sie sogar schlagen, wird das Erziehungsrecht entzogen und dem Jugendamt vorübergehend oder ganz übertragen.

Gibt es in deiner Familie solche Probleme, scheue dich nicht, Hilfe bei anderen Erwachsenen, in Beratungsstellen oder im akuten Fall auch bei der Polizei zu holen. Es geht um dein Wohl, um das deiner Geschwister – und auch um Hilfe für deine Eltern.

Sich Hilfe oder Beratung zu holen, wenn man nicht mehr weiter weiß, zeugt nicht von Schwäche, sondern von Stärke und Mut. Du bist ein Kind und nicht verantwortlich für die Probleme, die deine Eltern haben.

Mut bedeutet nicht,
dass du keine Angst hast.
Mut bedeutet,
dass du dich von der Angst
nicht abhalten lässt.

Schreiben ist lauter als Denken und leichter als Sagen

Gibt es etwas, was du deinen Eltern sagen möchtest, dich aber nicht traust? Dann schreibe deine Gedanken als Brief auf. Vielleicht findest du irgendwann den Mut, die Zeilen deinen Eltern zu zeigen.

Tipps zur Krisenbewältigung

Wenn du Glück hast, sind deine Eltern richtig cool und es gibt wenig Streitpotenzial. Ganz ohne Probleme geht es eigentlich in keiner Familie zu, denn kein Mensch ist perfekt und jeder macht Fehler. Je größer die Familie ist, umso mehr Rücksicht muss man aufeinander nehmen. Wobei Einzelkinder es auch nicht leicht haben, denn auf ihnen ruhen immer die Augenpaare von Vater und Mutter gleichzeitig.

Wichtig ist es, dass man für seine Fehler einsteht und sich entschudigen kann. Das müssen Eltern vorleben und Kinder von ihnen lernen. Eltern, die glauben, nie etwas falsch zu machen, können nicht erwarten, dass ihr Nachwuchs Fehler einsieht.

Mit dem Gedanken „Nobody is perfect" sollten deine Eltern und du also gut umgehen können. Das ist aber keine Generalentschuldigung für jeden Mist, den du oder sie anstellen. Fehler, die man begeht, müssen besprochen werden. Verständnis füreinander sollte eigentlich eine Grundvoraussetzung in der Familie sein. Eltern müssen auch mal Rücksicht darauf nehmen, wenn du zwar mit dem Abwasch dran bist, es dir aber schlechtgeht, weil du Kummer hast. Auf der anderen Seite ist es toll, wenn du ebenso einen Blick auf deine Familie hast. Du bist nicht für ihr Leben verantwortlich und trägst keine Schuld für eventuelle Probleme, aber eine Streicheleinheit in Form von kleinen Taten oder Worten tut ihnen gut. Und damit auch dir!

Niemand ist perfekt. Deshalb haben Bleistifte Radiergummis.

Lösungen

Verwandte:

Q	V	W	E	R	T	Z	U	I	O	P	U	B	A	S
H	A	L	B	S	C	H	W	E	S	T	E	R	S	D
K	T	M	N	T	S	A	Y	X	F	C	V	U	F	G
L	E	B	V	I	L	I	E	B	E	S	A	D	H	J
O	R	C	D	E	C	D	F	S	O	N	K	E	L	G
D	R	E	W	F	Q	U	E	R	F	E	D	R	C	G
C	D	R	F	M	T	G	B	N	H	F	F	D	R	R
G	E	C	O	U	S	I	N	E	E	F	Z	T	V	O
S	W	E	R	T	E	G	I	E	E	E	N	K	E	S
F	R	G	T	T	T	Z	C	U	H	M	N	G	T	S
T	A	N	T	E	S	X	H	G	T	Z	U	J	K	V
N	F	V	B	R	C	Y	T	I	C	H	T	E	S	A
W	S	X	C	D	R	T	E	G	H	U	J	K	I	T
H	T	G	B	F	D	G	S	E	R	W	E	X	I	E
K	U	U	R	G	R	O	S	S	M	U	T	T	E	R

Weißt du das?

1c / 2b / 3b / 4a / 5a / 6c / 7b / 8c / 9c

Das Recht auf …

… Privatsphäre

Manchmal ist weniger mehr

Ihr müsst keine Supereltern sein, um als Eltern super zu sein.

Domzalski, Bettina:
Mein Buch zum Reinkritzeln und Elternerziehen – mit genialen Tipps
ISBN 978 3 522 50627 4

Gesamtausstattung: Hahn & Hucke, Frankfurt am Main
Reproduktion: DIGIZWO GbR, Stuttgart
Druck und Bindung: Livonia Print, Riga

FSC
www.fsc.org
MIX
Papier aus verantwortungsvollen Quellen
FSC® C002795

www.planet-verlag.de
Printed in Latvia